Godverdomse dagen op een godverdomse bol

Van Dimitri Verhulst verschenen eerder:

De kamer hiernaast (1999)
Niets, niemand en redelijk stil (2000)
Liefde, tenzij anders vermeld (2001)
De verveling van de keeper (2002)
Problemski Hotel (2003)
Dinsdagland. Schetsen van België (2004)
De helaasheid der dingen (2006)
Mevrouw Verona daalt de heuvel af (2006)

DIMITRI VERHULST

Godverdomse dagen op een godverdomse bol

2008

Uitgeverij Contact

Amsterdam/Antwerpen

Eerste druk september 2008
Tweede druk september 2008
Derde druk oktober 2008

Omslagontwerp en vormgeving binnenwerk Suzan Beijer
Afbeelding omslag Goos Bronkhorst
Auteursfoto Nathalie De Clercq
ISBN 978 90 254 2953 9
D/2008/0108/950
NUR 301
www.uitgeverijcontact.nl

Gedenken wij in onze boeken de mens, die zich als
een kwaadaardig virus voortplant in totale suprematie
over alles wat leeft en eens geleefd heeft en nooit
meer zal terugkomen.

L.H. WIENER

Alle begin is moeilijk. Kijk maar. 't Kruipt uit het water zonder om te zien. 't Zou nog een laatste blik kunnen werpen op de oceanen, heimwee voelen uit eerbied, maar dat doet 't niet. 't Heeft er namelijk genoeg van te moeten kruipen over de zandbodems der wateren, genoeg van de eikelwormen en de pijlwormen en de chordadieren en de manteldieren en de koplozen waarmee 't zoveel eeuwen de zeeën heeft gedeeld. 't Zegt saluut tegen de kwastvinnigen, de mosselen en de schollen, vaarwel tegen de knorhanen, de alen en de brasems, 't wil van geen samenleven meer weten met de zalmen en de karpers. 't Doet de groeten aan de rietvoorn en 't wenst ook de baarzen nog het beste, maar 't kan niet meer weerstaan aan de veelbelovendheid van z'n bestaan en verlaat het sop. Wel toe, 't schijt nog een laatste keer hevig in de zee, zijn symbolisch geladen manier om een beslissing te onderstrepen, legt zich te druipen en te drogen waar de parelgierst vlot kiemt en trekt dan de rimboe in om er zich te vormen tot een bekijkelijk monster met dikke knokkels, talgklieren, een hele eind darmen en een speklaag. En haar, wreed veel haar van onder tot boven waarin de vlooien en de teken simpel overleven door hun gastheer jeuk te bezorgen, zodat die moet krabben tot zijn vel aan vodden hangt en zij kunnen zuipen van zijn bloed.

Hoe laat is het?

Vroeg, het is nog vroeg. Vroeger is welhaast onmogelijk. De dag is jong en wel en niets staat vast. En wanneer het weer dan eindelijk wat zachter wordt, verlaat 't op zijn gemak de vochtige donkerte van het tropische regenwoud en sluipt 't over de vlakten, in en uit de bomen van de savannen.

't Heeft zich, als zovelen die het water ontwijdden en verlieten, verdeeld in houders van kloten en dragers van spleten. Maar 't is, met uitzondering van een voor de rest niet ter zake doende bonobo, het enige schepsel en zal ook het enige schepsel blijven waarbij de reu de teef langs de voorkant neemt en volpompt met een nageslacht; zo kan de reu de haat en de angst zien op het ruwe smoelwerk van de teef, de aversie, de walging. 't Paart in de stank van elkanders tanden, de ene met de andere en de ander na de één. Want veel is er niet te doen. Bessen vreten en wroeten in de aarde op zoek naar zeggewortels om op te sabbelen. 't Likt plassen droog, kraakt noten, en laat af en toe zijn muil vol mieren lopen: heerlijke termieten die 't op een tak wist te verzamelen, sappig en rijk aan vitamines. Dat doet 't. Dat en jodelen naar de maan, uit zottigheid. O, hoe heerlijk uit het water te zijn gekropen, waar men onachtzaam kuit schoot, slijmen in het rond spoot of wat cellen deelde om de leegten dezer wereld op te vullen. En hoe heerlijk om dit alles te overpeinzen voor 't slaap vat in de bomen, in vrede met zichzelf en het gevogelte.

Maar het wordt warm. Te warm. De vruchten verdrogen en de bomen worden arm. Onder het zenit zet de hitte zich vast op zijn pels. Z'n rug lijkt wel te verschroeien. En om zich klein te maken voor de zon richt 't zich op. De snoodaard. Ziezo. Er zijn nu alleen nog z'n kop en zijn schouders die 't offert aan de zon, maar de rest van zijn lijf hoeft niet meer te blakeren. Kijk, zonder handen! 't Stapt op zijn achterpoten! 't Kan vruchten plukken en in zijn neus peuteren zonder daarvoor zijn stap te moeten onderbreken. Hoe koddig. Honderd en twintig centimeter groot is 't daarmee, genoeg om over de grassen der savannen te kijken.

In zijn halvelings kokende kop schuilt, behalve hier en daar wat snot, een 650 kubieke centimeter metende drek: hersenen, beveelheren van het neuken en het vreten. 650 kubieke centimeter pure levensvreugd, dat volume zou, jawel, zelfs nog wat groter mogen worden. Gaat dat?

Maar er is niks om te bikken en de teven zitten vol of hebben kleintjes aan hun spenen hangen, hetgeen hen lusteloos en onvruchtbaar maakt. Als de melkproductie van de wijfjes niet wordt afgebroken laten ze zich niet bespringen, zo simpel is het. En dus zit er maar één ding op: de kleintjes de kop in slaan. Infanticide! Zie de uitgelatenheid waarmee het paar dagen oude, nog onder de baarmoederslijmen zittende schepsel bij de achterpoten wordt gepakt en met zijn hoofd tegen de stenen gesmakt. Het bloed gutst alle kanten op, de stront pruttelt eruit bij wijze van overlijdensact. Kindje dood. Eindelijk kan 't zijn achtentwintig kilogrammen op de moeder smijten, zijn putlucht in haar tronie hijgen naast het lijk waar zij maar blíjft naar kijken. Maar, als dat een troost mag zijn, lang hoeft de teef niet op haar tanden te bijten: 't kreeg reeds een stijve van het moorden en 't bezit geen woorden om zijn smeerlapperijen eerst nog wat te verpakken in hofmakerij. Erin en eruit en gedaan. Dat is vooral veel tijd bespaard. Veel tijd, en veel gezeik.

En dan nu: eten! Maar wat? Er is niks te rapen in deze gore droogte en de honger is te groot om geduldig wat te scharten in de aarde naar een wortel. Het gras is rost en wordt meteen weer uitgekotst. 't Heeft daar de maag niet voor. Ziet 't er soms uit als een herkauwer, misschien? Vlees moet 't hebben, er is geen andere keus! En 't staart naar de lucht, zijn ogen doen er zeer van, en ziet de gieren schietvizieren cirkelen in het blauw dat zij beheersen. Dáár zou 't moeten zijn. Maar 't komt te laat. De karkassen zijn verwerkt, de vetten van de dode reeds door de vogels in vlieguren omgezet, en 't moet zich tevreden stellen met het afval dat in de borstkas overblijft. Vuiligheid. 't Grabbelt een stuk maag uit het karkas van wat daarnet nog een gnoe was, en zuigt het leeg. Het is vunzig maar het smaakt, als vele vunzigheden, naar meer. Is de hele maaginhoud leeg gelebberd en heeft 't de smaak van bloed voor eeuwig op zijn lippen liggen, dan zou 't zijn tanden willen zetten in het weinige vlees dat nog aan de beenderen bungelt. Want genoeg krijgt 't hier nooit meer van, dat beseft 't. Maar 't heeft de geschikte muil niet voor dit soort voedsel; z'n tanden zijn niet geslepen om de pezen aan repen te scheuren en de grote loszittende lappen zijn te groot en te taai om ingeslikt te krijgen. Het lijk moet kapot, het moet helemaal vaneen voor de wormen het onsmakelijk maken. 't Stampt en 't springt op de botten, die knekels moeten absoluut knakken. Zonder resultaat. Maar 't is vastbesloten, 't heeft immers bloed geroken. Hier, zie, 't pakt een steen en klopt daar mee. En wat blijkt? Wat blijkt? De botten breken en er zit nog wat lekkers in: merg. 't Zuigt het op en is content.

Wat een moment: te hebben geneukt en gegeten. Alleen een dutje lijkt nu nog gepast. Terwijl de kleintjes rotten droomt 't van zichzelf, keizerlijk pissend in een meer, de handen in de nek.

Maar helaas, het paradijs is voor een andere keer: de

teven zijn het beu hun melk te geven aan iets dat enkele dagen later tegen een rots wordt stukgesmeten. Ze zijn het beu negen maanden in de hitte te waggelen met een buik die hen weerloos maakt, te moeten eten voor twee. Dus kruipt 't nu op iedereen, de reu zowel als de teef. Een nieuwe onderbouwde tactiek. Heersers en hoeren, tienduizend in getal, verspreid over alles wat bestaat. Te zeggen: 't is met 0,006 per vierkante kilometer. En wat deze hoererij als voordeel heeft: ondertussen is 't door al die concurrentiestrijd een zekere trots gaan ontwikkelen voor zijn eigen zaad, de macho. En aangezien 't niet altijd weet of het zijn eigen nageslacht of dat van een ander in een puinhoop stampt, laat 't het grut dus maar leven. Om op zeker te spelen. En de hoeren, het moet worden gezegd, ze zijn goed. Verdomme ja. Ze geven zich het makkelijkst aan wie het meeste biedt. Vlees. Vlees! Vlees voor vlees. Dus moeten die stenen van daarnet worden geperfectioneerd. Harder en scherper moeten ze, zodat 't beter de botten kan breken. Zie eens hier, een schrabber! En daar, een priem, scherp en dodelijk. En ginds, een vuistbijl, zwaar, handig, een ideale verbrijzelaar. 't Moet natuurlijk wel inventief zijn als 't tenminste niet langer vrede wil nemen met het restafval dat anderen lieten liggen.

Eigenlijk zou 't nu zélf wel eens iets willen vangen. Iets uit één stuk. En vers. 't Zou bijvoorbeeld wel eens een nog lichtjes kloppend hart in zijn mond willen nemen, zodat het lijkt alsof 't voor een beetje ook het leven zelve eet. Warme ingewanden, stel u voor. Een beest dat groot genoeg is om mee te nemen naar het basiskamp, zodat men iets kan geven aan een teefje of wie weet wel een brok aan álle teven.

Waar wacht 't eigenlijk nog op? Hups, voor de dag ermee. Slaagkansen moeten er zijn, want het is tenslotte droog voor iedereen, voor de gazellen zowel als voor de reeën. Het is waar, die beesten lopen hard en zijn niet zomaar neer te leggen met een simpel stukje steen, maar ze blijven evenmin de meester van hun dorst en raken vroeg of laat eens uitgeput. Vandaar dat 't heeft besloten te stappen. Doodgewoon te stappen achter zo'n beest en te blijven stappen achter steeds datzelfde beest. Een fluitje van een cent in deze open vlakten. Kijk, lang heeft 't niet moeten wachten, daar loopt al iets. Wat is het? Een gnoe? Jaja, inderdaad, een gnoe, scheel van de dorst en op zoek naar een kreek, een smerig plasje, een druppel om te mogen oplikken. Het beest heeft zijn belagers in de gaten.

Maar geduld is een schone deugd, slechts rustig loopt 't de vierpoter achterna, niet te snel, niet te voortvarend, gewoon, op het gemak. Met deze warmte ook. 't Voelt kriebelingen in zijn vel. Adrenaline. 't Voelt de komst van vreten en 't voelt de goesting om te kezen. 't Voelt werkelijk van alles dat hem in staat stelt om zijn eigen vermoeienissen te vergeten en te stappen in de richting die de gnoe 't voorschrijft, steeds trager nu.

Want de gnoe, ook de gnoe, raakt na uren en uren stappen moe. Dat was dan ook de bedoeling van dit gedoe. 't Stapt nu niet meer maar gaat in lichte looppas op doel af, de zege is nabij. En als het beest merkt dat zijn gebrul meer als een noodkreet dan als iets afschrikwekkends klinkt en zich uiteindelijk verloren geeft, springt 't op de gnoe. Met vijf tegelijk. 't Klopt met die stenen op de zachte kop, 't ramt de scherpste hoeken en kanten in de borst terwijl het beest spartelt en krijst. Er is nadien maar één geluid meer te horen op de hele wereld: het gesmikkel en het gesmul van dit vijftal. 't Zet zijn gebit in de zachtste stukken. En vóór 't de terugtocht aanvat slaat 't nog rap de tanden uit het bakkes van het overwonnen beest, zomaar, als aandenken, als jachttrofee. Zeker weten, hiermee zal 't de teven imponeren. 't Schoudert zich met de overschotten van het karkas. Bij z'n terugkeer staat 't dankbaarheid te wachten en vanavond verandert de vlakte in een groot en zacht matras. Als dat geen motivatie is.

Natuurlijk is dat motivatie. 't Kapt en slijpt stenen, nauwkeuriger, zodat ze nu nog beter passen in zijn hand, zodat ze scherper zijn, dodelijker. En al kappende en slijpende springen de gensters eraf en, patat, het land vat vlam. 't Heeft dit al wel 'ns eerder gezien, dat is een feit, en 't was toen evenmin ongevoelig gebleven voor de woestheid van het vuur. Met iets van vertedering en evenveel van schrik had 't gekeken hoe de bliksems de bomen spleten, waarna de hitte het licht was en het licht de hitte. Heel verwarrend allemaal. De beesten liepen ervan weg, allemaal om te rapper. Wat gemaakt was om te loeien loeide en wat moest krijsen krijste. En 't keek ernaar, zoals 't alleen nog maar had gekeken naar een plas water waarin 't werd weerspiegeld, vol bewondering, en had tenslotte toch ook maar de benen genomen, voor het zekerste.

Macht, iets anders had 't niet in dat vuur kunnen zien, want waarlijk niets ontzag dat en wat toch nog werd ontzien sloeg ervoor op de loop. En nu, nu maakt 't zelf die macht. Twee blokken silex tegen malkander ketsen kan volstaan om de leeuwen 's nachts op een afstand te houden. Er zijn wel een paar motten en muggen die zich niet laten intimideren door het vuur, maar ze zijn er vet mee, met hun onbevreesdheid. Of is het dezelfde aantrekking die zij voor dit alles voelen en geven zij daar vervolgens zoveel gehoor aan dat ze de vlammen in vliegen om er nooit meer uit te komen?

Dat stelt 't in de gelegenheid eens een geroosterde vlinder in de mond te steken, niet zozeer uit honger maar voor het plezier van het vreten. En uit curiositeit. Het lijfje van het dier voelt prettig op de tong, warm, en als 't zijn tanden erin zet en de pus van de mot tot tegen zijn verhemelte voelt spatten, is 't ervan overtuigd dat 't niets kan mispeuteren door de meest pezige brokken van het slachtafval op het vuur te gooien. Die geur, jongens! Die geur! Het water komt ervan in z'n mond. Veel, veel zachter is nu zijn portie vlees, en beter wordt het verteerd. Dat 't niet eerder op de gedachte is gekomen om het water uit te kruipen en op twee poten te lopen! 't Zit daar, majesteitelijk, met zijn allen rond dat vuur en 't vergeet daarbij de pijnen die 't bij de jacht heeft opgelopen, ja, 't vergeet de kloppingen in zijn kiezen en de krampen in zijn buik. 't Kijkt naar dat vuur en neemt daar vrede mee. 't Luistert naar het geknisper van droge takken en laat zijn gedachten afdwalen naar ergens waar 't van zijn leven nog geraken wil, de maan misschien. Zot!

Gezellig. Knus. Ware het niet dat iedereen nog altijd op elkander kruipt en 't iets voelt opkomen te doen bij een soortgenoot wat 't eerder met de beesten deed. Iets met scherpe stenen en veel bloed. Want 't zou zo graag duidelijk maken dat ze van dat ene teefje moeten afblijven, 't ziet haar graag, en 't verdraagt het niet haar met de groep te moeten delen. En de teven, o droeve deernis, ze maken soms precies hetzelfde mee: ze grommen als ze hun geliefde stoere bonk een andere zien dekken maar veel bereikt 't daar niet mee, met dat gegrom. 't Moet iets hebben, iets om zich mee uit te drukken. Iets waarmee 't klaar en duidelijk kan stellen: 'Met uw poten van dat lijf want alles wat daar hangt aan borst en bil en lip en alles wat aan dat lichaam lilt en trilt, is bezit! Van mij!' Juist, iets waarmee 't zich kan uitdrukken, want 't kan het zich niet veroorloven om ganser dagen op elkaar te slaan, ze hebben elkaar nog te zeer nodig om groot wild te stropen.

En daarmee ontwikkelt 't iets dat niets of niemand anders in die mate heeft: oogwit! Veel oogwit. Dat vergemakkelijkt het om te spreken met een blik. Angst, verliefdheid, woede, goesting, jaloezie... het zit er allemaal in, in dat wit. Wat een gemak. Te kunnen lonken naar een ander. En aangezien 't elkaar nu zo goed verstaat heeft 't begrepen dat het beter is voor de goede verstandhouding om een beetje selectiever te paren. 't Glijdt niet meer van het ene lijf om direct weer op het andere te kruipen, of dan toch niet zo dat het opvalt.

't Maakt zwanger, dat natuurlijk; moedertjes van twaalf jaar, en 't blijft bij elkaar tot de kleine op zijn eigen benen staat en iets vastigs tussen de tanden neemt.

Met succes, want hun aantallen groeien. Per tien vierkante kilometer telt de soort één afgevaardigde en het eten wordt dan ook schaars. Vogelen, dat staat buiten discussie, er is plezier aan te beleven. Maar gans dat nest eten moeten geven is weer een andere zaak, er is verdomme maar om vijf kilo vlees op een hectare bij elkaar te slaan. Er moet uitgeweken worden, niets aan te doen. De wereld is groot, er is genoeg voor iedereen, het kan niet op.

Waarom zou 't dan op een hoop blijven zitten en honger lijden? 't Zwermt uit, de ene na de andere, een beetje per keer, een kilometer per generatie. De eerste groepen verlaten de boorden van de vertrouwde rivier, 't trekt door de valleien, 't kleffert op en over flanken, 't zoekt eten hier en liefde daar. Onmerkbaar bijna, en zonder dat 't het weet van elkaar, heeft 't de grootste lappen van de aarde opgezadeld met zichzelf. 't Heerst, z'n stempel is overal gezet. Zo kan dat inderdaad worden bekeken. 't Heerst, maar naar z'n gevoel nog niet genoeg.

Onderweg is 't in de woestijnen grote plukken haar verloren en heeft 't geleerd om te zweten in plaats van te hijgen om alle warmte uit dat godverdomde lijf te krijgen.

En die droogte blijft maar duren. De warmte, tot daaraan toe, die is zelfs een ietsiepietsie aan het afnemen, maar de droogte is gebleven.

Hoe laat is het?

Tiens, wat is dat toch wat 't daar al heel de tijd voelt gek doen in z'n keel?

Het strottenhoofd, het zakt gestaag naar beneden, zit ineens een heel eind dieper in zijn keel. 't Kan er geluiden mee maken, oe-oe-oe en a-a-a. Maar dat kan iedereen. 't Kan echter ook u-i-u en troelala. Da's al moeilijker. Of, euh, kwotito en toenkoeba. Haha. Bwong bwong pong. Kiki flipi. Hé, hoe plezant. Maak dat nu mee. De keelholte is langer geworden, dát is de verklaring, en met de tong kan 't nu een richting aan die klanken geven. Een kleine demonstratie: oufti.

Alstublieft, een schone syllabe of twee. Dit zijn voorzeker de vrolijkste dagen uit het logboek van de wereld, want alles is nog onbenoemd en iemand, 't, wie anders, moet dit alles nog zijn woorden geven. Beest. Boom. Water. Mos. Het kan niet op; alles maar dan ook alles mag een naam worden opgekleefd. Hemel. Grond. Maan. Vogel. Vuur. Put. Vos. 's Avonds zit 't samen en vergadert 't over de namen die nog over de wereld moeten worden verdeeld. En er wijst er eentje naar een steen en hij probeert het woordje 'steen'. Klinkt niet slecht. De anderen knikken, of neen, ze knikken niet, ze hebben al de woorden 'ja' en 'neen', ze zeggen 'ja, steen past wel bij dat ding', en steen zal het zijn. Gedaan met blaffen en brullen, tenzij zo af en toe een keer, want 't ondervindt meteen ook dat al die woorden soms ook vreselijk tekort kunnen schieten. Maar voor de rest: 't spreekt, doch het lonken krijgt het uiteraard niet meer afgeleerd.

Komt 't elkaar voortaan tegen in de bossen, dan kan 't iets zeggen. Iets als: 'Koud vandaag, nietwaar.'

En het zal wel zijn dat het koud is, het zal er niet direct beter op worden. In het noorden houdt een ijslaag al het water op. Ze slokt het op, vriest het in, waardoor de ijslaag alsmaar groter en het zuiden alsmaar droger wordt. Sommige eilanden zijn diepgevroren, tot dertig graden onder nul. De woestijnen breiden uit, de zeeën zakken, en de diepe binnenlanden worden herschapen in één groot steppeland vol smakelijke mammoeten, dat laatste moet eerlijkheidshalve toch ook gezegd. 't Zou zweren dat de wereld zich heel eenvoudig wreekt op het feit dat 't nu het vuur beheert. 't Zou zijn haar terug willen, en omdat het niet vanzelf terugkeert zit er weinig anders op dan het af te nemen van de beesten. Ach, ze zijn zo nuttig. Hun vlees om op te eten en hun vel om zich mee aan te kleden.

't Trekt en 't scheurt de vachten aan repen, de klodders bloed en slijm hangen er nog aan. Over enkele dagen beginnen die kleren langs de binnenkant allicht te rotten, steken de mouwen vol wormen, maar daar zal iets aan kunnen worden gedaan. Op termijn. Eerst eens denken, en ondertussen genieten van de lichaamswarmte van een ander. Nou ja, genieten... 't Kraakt langs alle kanten, van de reuma. De muggen mogen hun macht graag etaleren; ze waren als geesten over de vlakten en brengen gezoem en een hoop malaria voort.

't Is erop voorzien om veertig jaar te worden, vijfhonderd volle manen ongeveer, en dan te creperen als een overgrootouder. Maar nu gaat 't meestal al kapot op de leeftijd van vijftien, afgepeigerd, uitgeblust, de botten vol breuken en de wonden vol pus. Zo wordt 't in een put gesmeten, want die mode heeft 't zich nu aangemeten, om zijn lijken in de grond te stampen, soms rechtstaand, soms liggend. De dood is net iets té alomtegenwoordig om er geen besef van te krijgen. 't Slaat kraters in de hard bevroren aarde, hondenlabeur, en laat er zijn dode naasten in neer, samen met enige beestentanden en, als die te vinden zijn, enkele bloemetjes: een zomertauri, een kruisbes of een heemst. Links staat er één te bleiten, en rechts staat er één te lachen aangezien er een weduwe beschikbaar wordt. Is de put dichtgesmeten, dan is de dode alreeds vergeten en sjeest 't verder op het spoor van de evolutie.

Euh, hoe zit dat daar ondertussen met die taal? Zijn er nog woorden om aan de dingen te geven?

Het houdt niet op, want als het tastbare is te benoemen, dan moet ook het ontastbare bespreekbaar kunnen zijn. Liefde. Honger. Haat. Moeite. Weerzin. Slaap. Het ziet ernaar uit dat de wereld nog niet volledig zal zijn benoemd als hij naar de knoppen gaat, zoveel is er om een naam op te plakken, en zoveel komt er alle dagen bij. Dit hier? Wat is dat? En 't kijkt ernaar, tastend met de tong naar taal, en de maker van zoveel nieuwerwetsheid krijgt het eerste woord en zegt: 'speer'.

Speer, dus.

Beesten worden voortaan niet meer doodgeklopt, maar doodgestoken. Een hele verbetering, ook voor de prooi. En aangezien het vriest blijven de kadavers langer vers en hoeft er niet zo vaak meer te worden gejaagd. 't Heeft nu meer tijd voor elkaar, en voor zichzelf. Cocoontijd. Een eigen grot, een plek onder de zon. Zodoende zit 't daar samen, in die spelonk, te niezen en te rochelen, rond het haardvuur waarin 't zolang kan staren dat zijn gedachten met hem op de loop gaan, zodat er soms ineens één begint te zingen Zinge Ja Ja Joepie Joepie Jei, en de anderen in de handen klappen. 't Pakt een stok en klopt ermee op de grond of tegen een stuk rots, voor het plezier van de ritmiek. Zingen, het is waar, dat doet 't graag. Begonnen is het allemaal toen het ijsveld nog in opmars was en er één in de bossen zat te flippen nadat hij per malheur een giftige paddenstoel had opgeschrokt. Het geluk dat die uitstraalde was zo eenvoudig maar oprecht dat anderen zich erdoor lieten meeslepen en meezongen. Daar is nu veel tijd voor, er is immers een voedseloverschot.

't Bedenkt het woord 'verveling'. De reuen hebben er in feite nog het meest last van want hun spenen blijken nutteloos, niemand slabbert eraan, 't heeft niemand te behagen. 't Verliest stilaan ook bewondering van de teven aangezien ze minder vaak op jacht gaan en hun macht nog zeldzaam kunnen demonstreren.

Eén stapelt er een hoopje stenen op elkaar, hoog genoeg opdat 't het plafond kan raken met zijn handen. 't Doopt zijn vingers in de rode oker en trekt een streep op één der wanden van zijn hol. En nog een streep, en nog één. 't Is eerlijk gezegd amper te geloven dat 't voor het eerst al deze strepen trekt, want het resultaat is welhaast te perfect. Streep na streep na streep wordt duidelijker dat 't een buffel op de rotsen tekent, in profiel. Een jachttafereel, zo te zien, want een paar van die hypermoderne speren steken in het beest. 'Artiest,' zegt een teef, want het is waar dat de teven gaarne tetteren en dus de grootste bijdrage aan de grammatica leveren. 'Artiest', en 't kan maar moeilijk een diepe bewondering wegmoffelen. 't Heeft iets uit niets gemaakt en zonder nut. Een okeren buffel, bijgod. En de jagers, zij lachen. 'Ge moogt gij zoveel buffels op die wanden tekenen als ge wilt, veel vlees zullen ze u niet geven.' En ook: 'Hadden wij voor u geen echte buffel plat gelegd, ge hadt niet moeten beginnen aan uw tekening.'

Oeps, 't is uit zijn rol gestapt; een zonderling heeft bewezen dat er meer is in het leven dan alleen maar vreten, dat er ook respect is af te dwingen door uit te blinken in een onnozelheid. De profiteur. De parasiet.

Schone tekening of niet, 't kan er niet naar blijven gapen, de troep heeft de grot te verlaten: de reeën achterna die in kudden tegelijk andere oorden opzoeken. Hups, erachteraan! De vrieskou in!

De beesten, ach ja, 't denkt erover te kunnen heersen. 't Is in staat ze dood te steken en ze op te eten, maar 't heeft zich nog altijd te schikken naar hun traject, hun eeuwige odyssee op zoek naar graasgebied. En 't zat nu net eens vijf minuten op zijn gemak. Zijn er geen grotten meer in de streken waar de kudden zich laven en voortplanten, dan moet 't zelf maar zorgen voor een dak. Zélf een grot maken, bij manier van overdrijven. De ivoren slagtanden van een mammoet, groot en krommend, worden uit het gezicht van de titan gestampt en bekleed met vellen. En ziedaar: een tent. Gemakkelijk weer af te breken en mee te nemen maar helaas een beetje klein.

Hoe laat zou het nu zijn?

Pfff. Een geluk dat ook de planten moeten overleven in deze triestigheid, en zij hun wortels steeds dieper in de aardkorst boren. Dikke, vette penen, dikker en vetter dan voorheen, en niet echt onsmakelijk eigenlijk als 't ze tenminste heeft weten los te pulken uit de grond. 't Knabbelt op een schorseneer, zich wentelend in zijn eigen zieligheid.

'Na regen komt zonneschijn,' zegt er één. 'Als de hoenders kakelen lang en goed, dan zal het regenen in overvloed.' Allez vooruit; 't heeft nu niet alleen een schilder in de rangen maar 't zit nu ook al opgescheept met een poëet. Waar moet dat naartoe? Maar die dichter heeft geen ongelijk. Het is te zeggen: het regent wel en het regent niet, het giet. Maar het is tenminste wederom warmer aan het worden, dat is al veel waard. Het weer, je kunt er geen staat op maken. Het ijs is eindelijk begonnen te smelten, beetje bij beetje, haast onzichtbaar maar net daardoor zo smerig en hevig. Het waterpeil is gestegen, er zijn er die zich van vandaag op morgen op een eiland blijken te bevinden. Afgesneden van alles en iedereen, geïsoleerd, en 't neemt daar zowaar nog veel genoegen mee.

't Ziet zichzelf weerspiegeld in al dat water en kijkt naar wat de vermoeiende loop van de eonen hem heeft aangedaan: een bloot beest, klein en gedrongen. 't Weegt allang geen achtentwintig kilogrammen meer maar sleept integendeel een hele laag vet mee, daarnet nog aangekweekt tegen de kou. En die kop, die heerlijke schedel met de nog heerlijker spijs, herbergt ondertussen een derrie van reeds 1300 kubieke centimetertjes. Nog steeds beveelheer van het neuken en het vreten, maar 't kan zichzelf alleszins al wijsmaken dat die splendide blubber eveneens voor zoveel anders dient.

À propos, iemand onlangs eigenlijk nog een mammoet gezien?

Zeker, eten is een heerlijkheid. Enkel zo jammer dat al dat voedsel niet vanzelf naar zijn mond gevlogen komt. Beneden zijn inmiddels toch verworven waardigheid, moet 't zijn maaltijden achterna hollen. Vernederend, haast. Neem nu de wilde eend, of de kuifeend. Smakelijke vogeltjes, dat is het punt niet. Maar is het geen zonde dat die mormels niet lomp als regen uit de lucht komen gevallen? Ze laten zich pas vangen in de rui, wanneer ze niet kunnen vliegen en makkelijk in een net worden gedreven. 't Zou vogels willen hebben die al meteen in een net zitten, die als het ware worden geboren in een net en er maar moeten worden uitgenomen voor de lunch.

Vissen vangt 't in een fuik van wilgentenen, of 't damt rivieren af en spietst de zalmen op een staak. Met een beetje lisdodde en een bosaardbeitje als dessert lang niet slecht. Maar ook daar weer: 't zou lisdodde willen eten als 't daar zin in heeft, en 't zou ook een stukje ezel of gazelle willen ontbenen als 't daar zin in heeft. En uitsluitend en alleen als 't daar zin in heeft en niet omdat er daar toevallig een ezel voorbij komt gelummeld of een lisdodde de kop opsteekt. 't Zou die beesten en groentjes moeten zien te kweken. Zoiets. En 't probeert zich almeteen een afgesloten gebied voor te stellen, en het gebied is uiteraard van hem, van hem en niemand anders. En op dat gebied van hem en niemand anders lopen geiten en schapen vreedzaam te grazen, ze lieten zich makkelijk vangen, de sukkels. Met als resultaat dat de trek der dieren niet langer zijn menu hoeft te bepalen. 't Heeft niet langer aan de rivier te wachten tot zijn aanstaande maaltijd zich daar een bad komt nemen. Alles meteen beschikbaar, vlees zowel als groentjes, bestaat er iets ultiemers op aard?

Gedreven door dit idee kijkt 't naar de zaden van de emmer en de gerst die zich laten optillen door de wind en het leven gelaten voortzetten waar ze vallen in de aarde. Als 't die zaden nu eens zélf de grond in plant? Netjes naast elkaar, voor z'n eigen deur, een heel landschap vol? En dat 't, eenmaal de oogst is aangebroken, gewoon plukt wat 'm bevalt? Gedaan met dagtochten voor een drie kwart gevulde maag. Wakker worden en bikken.

Het genie heeft klaarblijkelijk zijn draai gevonden. 't Stopt ermee door de wereld te trekken. 't Vestigt zich, ergens, waar het goed riekt, de rivieren vrolijk kabbelen, het zicht de moeite is, de kiekens het lolligst kakelen. En 't richt de wereld in naar zijn eigen smaak en goesting, zoals 't vroeger zijn grot heeft ingericht. Daar komt eenkoorn, ginder gerst. Op de ene heuvel linze en de bittere wikke plant 't een eindje verderop. Brandnetels laat 't staan, voor de vezels, waarmee 't kleedjes weet te weven. 't Heeft z'n greep op de wereld verstevigd, en dat niemand nu het tegendeel komt beweren. 't Neemt wat 't wil en 't vernietigt wat 't niet hebben moet. De fik erin, dat levert tenminste nog ruimte op waarop 't kan bouwen, ronde hutten, gemaakt van in de zon gedroogde modder.

'tKruipt tegen mekaar aan, met zo'n drieduizend op twee hectare tegelijk, en bouwt daar een vier meter hoge muur rond. Privé! Wie niet van hier is, moet wel van ergens anders zijn, en die komt hier niet binnen.

En daarmee... Daarmee heeft 't beslag gelegd op een stuk van de kosmos; 't weet nog niet hoe verslavend dit kan zijn. Of wel? In elk geval, 't heeft zich afgezonderd, opgesloten in z'n eigen biotoopje, een dorp. 't Bestrijkt zijn gronden met het plakkerige goedje dat overblijft wanneer aardolie is verdampt, asfalt, zodat 't ook ongemoeid gelaten wordt door allerhande struikjes en gewasjes die 't niet hebben moet. De geiten en de schapen zijn gedomesticeerd, en gaat de smaak ervan toch wat vervelen, dan houdt niets 't tegen om in de bossen of de steppen iets anders neer te leggen, zoals een jakhalsje.

't Heeft nu effenaf zoveel bedacht voor z'n comfort dat 't niet alles meer op tijd gedaan krijgt. De huiden moeten worden gedroogd en ontvleesd en uitgerokken, er moet worden geplant op deze akker en geoogst op de andere, er moet si, er moet la, en de kop van die moeflon moet er ook nog af. Onnozel wordt 't nog van z'n gemakkelijke leventje als dat zo nog een tijdje verdergaat. En 't steekt de hersenpannen bij elkaar op een avond die fataal wordt voor een lekker lam, en komt daar overeen dat iedereen zich maar beter kan specialiseren. De ene houdt zich bezig met het graan, een andere repareert wat nog weer een andere heeft kapotgemaakt, iemand beplaastert de hutten, eentje houdt zich bezig met de kudden... En dat de ene de vrucht van z'n arbeid vervolgens ruilt met de andere.

't Denkt na, dat kan 't als geen ander. Er komen geen vogels voor die alleen maar nesten bouwen, neen, die heeft 't alleszins nog nooit gezien. Vogels die nesten bouwen in onderhandeling met vogels die alleen maar wormen vangen. Stel u voor; driehonderd wormen in ruil voor een nest. Ha, het idee alleen al. Maar 't voelt zich uiteraard groter dan de vogels en ziet er wel iets in om het systeem van de specialisatie uit te proberen. Waarom ook niet? Ieder z'n eigen job. Wie goed heeft gewerkt, heeft veel om te ruilen, alsook het recht om de rest uit te maken voor luilak en labbekak.

Werken is voortaan: alle dagen hetzelfde doen. Zoals altijd maar opnieuw kaf verwijderen en de granen malen. Gisteren, vandaag, en morgen weer. Zodat 't zeer heeft aan z'n knieën, z'n rug, z'n knoesels. Ook z'n tanden gaan zo langzaamaan kapot. Nu er zich een paar op de landbouw hebben gesmeten en de lof op het graan niet voldoende kan worden bezongen, eet 't het ene graanproduct na het andere, er niet bij stilstaand dat z'n tanden de hardheid van zo'n graankorrel niet verdragen. Cariës is een feit, de job van tandarts laat zich bijna bedenken. Een mals stuk kippenbil in ruil voor een getrokken kies.

Trok 't daarnet nog van hot naar her en daaromtrent, onderweg van de struiken plukkend wat 't beviel; dan blijft 't nu ter plaatse, smullend van datgene waarvoor 't zich niet te veel moet rekken, waardoor z'n maaltijden ineens aan variatie missen. Een ribstukje van een vos hoeft 't bijvoorbeeld al niet meer te eten, op dat dier is al te veel gejaagd, men ziet er nog maar zelden eentje lopen. Hetzelfde voor de haas.

En zelf? Zelf werd 't onderwijl een beest van één meter tweeënzestig ongeveer, met afgesleten tanden, gepijnigde gewrichten en navenante grimassen. Maar ’t heeft het vuur en ’t heeft de speer. Wat moet ’t nog meer? En ’t rukt alsmaar verder op in z’n mars naar wat ’t op dit moment nog niet benoemen kan.

Met wát komt ’t trouwens nu weer op de proppen? Met potten en pannen en keramiek. Potten en pannen, die ’t godverdomme alle dagen zal hebben af te wassen, maar die tevens maken dat ’t zijn eten kan koken. Wie geen tanden meer in zijn smoelhol heeft kan voortaan wat langer leven aangezien het eenvoudiger is te sabbelen op malser eten dan op hard. En de teven raken weer om de haverklap zwanger, dankzij hun potten en pannen. Want ook het kleine grut kan tandeloos eten van de papjes die ’t tegenwoordig kookt. De kleinsten hoeven bijgevolg niet meer zo lang te worden gezoogd. De teven menstrueren weer vlugger na een bevalling aangezien de productie van moedermelk de vruchtbaarheid doet afnemen.

Hoe meer zielen, hoe meer hielen. De uitvinding van het slagrijm.

Maar, om nu eens even tot de kern van de zaak te komen, alles is stilaan toch aanwezig, en ’t weet het, ’t riekt het als het ware, om zich eindelijk in volle glorie te smijten op datgene waarvoor ’t uit de kreken kroop en zich metamorfoseerde tot een wezen dat alle beesten overmeestert: dat ene punt in de verte voorlopig genaamd ‘iets’, ‘iets’ dat ’t bereiken wil en waarvoor ’t de macht over Alles noodzakelijk acht. Macht, over zichzelf en over de wereld, eventueel in omgekeerde volgorde. En 't heerst maar pas volledig als 't ook de dood beheerst. Alleen daar kan 't zijn opmars aanvatten, waar 't zijn kadaver niet langer aan de jakhalzen en de maden gunt, doch waar 't de rottenis verschalkt en de vellen van zijn lijken droogt met dubbelkoolzure soda en een snuifje natriumchloride. 't Looit zijn smoel en 't looit zijn lul, 't looit zijn buik en 't looit zijn armen, als een lap leder stapt 't lachend uit het leven, klaar om in te treden in een totaal gans ander leven waar 't óók de macht zal moeten grijpen, en dat veel langer duurt. Want zoveel inzicht in de tijd heeft 't ondertussen al gekregen. 't Heeft gekeken naar de sterren en hun standen hebben geen geheimen meer: de nacht valt uiteen in 36 decanen, een jaar in 365 dagen, en de dood die duurt het langst. Daarom bouwt 't zijn hele leven aan z'n graf, zijn huis voor eeuwig. En dat, dat is zeer zeker lang.

Eenmaal dood en opgesteven laat 't zich opbergen in zijn kerker, omringd met voldoende spullen aangezien verveling vast een vrees is voor wie toetreedt tot de eeuwigheid: bronzen scheermessen, een tang voor van alles en nog wat, albasten flessen met crème, een houten kam, buisjes met oogverf, geëmailleerde enkelbanden, mokken om uit te drinken, een weegschaal, een bijl, drie paar sandalen, wandelstokken, een valiesje vol met proper ondergoed, een lendendoek of 26, tunica's voor als het zomert en iets warms voor als het wintert, en voor het zekerste nog een fles parfum voor mocht het vel alsnog gaan stinken. De verworvenheden van de vooruitgang.

't Heeft eraan gedacht zich als lijk op tijd en stond eten te laten brengen door de nabestaanden, opgediend op aardewerken borden want, dood of niet, zijn manieren wil 't wel bewaren. Mmmm; speltbrood, gerstepap, vis, druiven, kwartels, niertjes, stukken runderrib, bessen, melk, wijn, het kan niet op. En aangezien 't deze hoeveelheden niet kan blijven eten zonder af en toe ook iets uit te schijten, worden er in de grafkamers toiletten geïnstalleerd. Een heel leven doet 't erover om zijn graf gebouwd te krijgen. 't Gaat dan logischerwijs ook nog maar met de grootste tegenzin op reis, bang als 't is om te sterven in den smerige vreemde en daar alsnog rap-rap door een bende ongeciviliseerden in een put te worden gesmeten. Ver gezocht is deze gedachte niet.

En de economie, die draait. Immers: moest er al worden gezaaid om de levenden eten te geven, ook de doden hebben honger en krijgen wekelijks hun maal.

Fruitboer is een schone stiel.

Goden! Er moeten grote en concrete goden zijn! Want het geheugen is kort en 't is vergeten dat de zeeën hem ooit zijn oorsprong boden. En zelfs al zou 't nog herinneringen bewaren aan de diepten der wateren, ook die wateren moeten ooit eens zijn ontstaan en konden dat niet op eigen kracht. Dus goden, toe. 't Heerst en 't is nu alreeds het grootst; doch 't mist somtijds de nederigheid, de kleinheid in het zijn. Dus, nogmaals, goden godverdomme, met paspoorten want zij hebben namen en bevoegdheden. Goden, dikbuikig, met hangborsten, goden met papyrus dat opschiet uit hun kruin, goden met ramskoppen die op hun pottenbakkerswielen de wezens vormden uit het slijk van de rivier. En 't laat die goden soms ook lijken op zichzelf zodat 't zelf ook zou mogen lijken op een god. Met uitzondering dan weer van de preien en de ajuinen, die ook ware goden zijn, net als de kikkers die worden aanbeden kort voor of zelfs tijdens een golf lastige weeën.

En van al die preien en ajuinen en andere goden moeten er priesters zijn, en boven al die priesters opperpriesters. Vanzelfsprekend gekleed in schone gewaden, sierlijk lopend op sandalen. 't Bouwt tempels en kapellen voor de goden want ofschoon alomtegenwoordig, ze moeten toch ook ergens wonen. Alles wat geprezen en aanbeden wordt, ajuin en prei en aap en krokodil, wordt afgebeeld en gehuisvest in een paleis.

En de economie, die blijft draaien. Want het zijn niet alleen de doden die 't te eten moet geven, ook de goden hebben honger. Dagelijks slacht 't offerdieren om te mogen schenken aan zijn god. Zelf is 't bereid te leven op een dieet van louter brood en bier, doch de doden en de goden mogen niets tekort hebben aangezien het tekort des levens is. Neen, egoïstisch is 't niet.

Het is de priester die, na een rituele reiniging der oksels en andere onfrisheden, overladen met manden fruit en vlees, het heiligdom naar binnen treedt. Hij mag. Hij alleen. De ober van Het Grote. En omdat het standbeeld van de godheid niets aanvangt met het voedsel, is het de priester die al het lekkers tussen de kaken neemt. Officieel: 'de maaltijd wordt omgebogen'. Dat is het systeem: de god vreet via zijn priesters, want het kauwen en het kakken is beneden al zijn waardigheid. Tevens wordt het standbeeld van de Opperste dagelijks ververst, het is te zeggen, gewassen van kop tot teen en propere kleren aangetrokken. 't Eert zijn god zoals 't zelf geëerd zou willen worden als 't god was, dus installeert 't een hele harem hete concubines in de tempels ter verstrooiing van de Machtige. Bloot blijft altijd mode, 't zal wel zien. En 't ziet inderdaad: meer bepaald hoe de godinnen zowaar nu zelf ook uit hun kleren treden. Verheven hun geest, verheven hun vlees. Officieus: 'het vogelen wordt omgebogen'.

Priester is een schone stiel.

En wie is het die al deze doden en goden genoeg te eten geeft? Wie? Dat zijn de boer en zijn boerin, voldoende verarmd en versimpeld om luidop te dromen en te snakken naar de dood. 't Heeft amper genoeg om in de eigen maag te stampen en 't houdt dan ook nog eens een kleine over aan bijna elke omstrengeling. Kinderen, ze zijn schattig als ze van een ander zijn, goedkoper vooral. Is daar niets tegen te beginnen, tegen de hoge prijs van het genot? Iets anticonceptiefs? Proberen!

't Spoelt de vagina met zure melk en loten van de acacia. 't Steekt kwintappels en dadels en honing in haar liefdesspier. En als ook dat niet helpt, dan smeert 't haar hele warme binnenkant vol met in azijn gedrenkte kamelenmest. Het is voorwaar met een heel klein hartje dat de jonge meisjes zich zetten te pissen in het tarweveld, want zij weten dat de zeik van zwangere meiden haast altijd tot het ontkiemen van het koren heeft geleid. Verdomme nee, 't mag er niet aan denken dat 't ook nog eens zou moeten opdraaien voor het grut dat de geliefde bij mekaar bonsde met een ander. Wetten! Wetten! 't Moet wetten hebben die het overspel indijken.

Het huwelijk wordt een contract, en schuinsmarcheerderij wordt aangepakt met verbanning, verminking, stokslagen. Na een eerste buitenechtelijke wip worden, nog mild, neus en oren afgekapt en bij twijfelgevallen kan, preventief en met de beste bedoelingen, de clitoris worden afgeknipt. Zo'n pakketje maatregelen moet kunnen wegen op de goesting. En als het scheelt aan de goesting dan scheelt het aan bastaardkinderen. En als het scheelt aan kinderen, dan scheelt het ook aan nachtlawaai.

Al zal het sowieso zeer rustig zijn vannacht; 't is te moe om de kont nog naar omhoog te duwen. 't Hoopt te kunnen slapen en taferelen te dromen waarin geen eggen voorkomen, geen ploegen, geen sikkels, geen zaadmand en geen zeef. Want dat soort kloteleven leidt 't: 't wacht tot de rivier uit zijn oevers treedt en zijn slib over de velden stort, drek die alle gaten en poelen doorweekt, irrigeert en bemest met organisch afval zoals dat dan nogal reukloos heet. Daarna timmert 't dijken en sluizen en kanalen ineen om de afgelegen stukken land te bevloeien. De werken zijn pas klaar wanneer ze alweer kapotgaan, zodat 't steeds opnieuw van nul begint. 't Zaait en laat zijn varkens op de velden los, zij trappelen knorrend de zaden dieper in de grond. 't Dorst, 't schoffelt, 't hakt en 't ziet hoe hagelstorm en sprinkhaanplaag de vetste potten van de oogst afpakt. 't Vreet vogels die 't in geweven netten weet te strikken en 't zet zijn tanden in de vissen nadat 't de rivierbodems heeft afgeschraapt. Wroeten is het leven; wroeten voor tarwe en rogge en vlas. Leven om te wannen. En na het wannen volgt het schrapen, waarna het weken, waarna het kammen. En na het kammen: het spinnen. En na het spinnen volgt vast nog wel iets.

In biezen manden stampt 't druiven tot prak, voor wijn. De stront van ossen en schapen krauwt 't van de straten, om te drogen, als brandstof. En wat 't daarvoor in de plaats krijgt is oftalmie, een ziekte aan de ogen en zij doet zeer, opgelopen in de zon en het opstuivende zand. Aan het waden in het water houdt 't bilharziosis over, en hepatitis aan de uitputting. 't Heeft een lijf dat wemelt van de guineawormen en 't hoopt zichzelf te kunnen genezen met een mengsel van karwijzaad en verse kattendrol. 't Drinkt zijn eigen pis, samen met wat galvocht dat 't uit dode ossen trok. Blijft 't dan dankzij deze zware medicatie leven, dan ziet 't de belastinginners over zijn grond marcheren en het schamele beetje oogst opeisen: voor de doden, de goden, en het hof, want dat blijkt ondertussen ook al te bestaan.

Als 't zich ondertussen nog niet opgehangen heeft wordt 't verplicht in herendienst te treden, gratis en voor niks, het is te zeggen: voor de bok zijn spel, om mee te bouwen aan het praalgraf van de vorst. Om de mijnen in te duiken en daar op te delven wat er zoal nodig is voor de luxe van de lijkensteden: kalksteen, graniet, grauwak, dioriet, zandsteen, goud, koper, tin, loodglans, ijzer, natron, albast, kwartsiet en amethist. Olé, labeuren maar. Hoe meer hoe liever, want wat te veel is kan altijd worden verruild in het buitenland. Hops, hops, lanterfant zo niet!

Moet er nog geen partij voor de achteruitgang worden opgericht?

Er is taal en er is schrift, en zeker is dat 't nu niet veel meer nodig heeft voor 't het woord 'ongelukkigheid' in kleisteen grift. Of zelfs iets concreters, een hele alles verduidelijkende zin. Tenslotte, 't bezit een grammatica, zelfstandige naamwoorden, voorzetsels, deelwoorden, naamvallen, adjectieven met een kenmerk van geslacht en aantal. Een droom; 't kan niets te zeggen hebben in een volzin en daar bewondering mee afdwingen. En 't zou willen schrijven dat de doden beter af zijn dan de levenden maar 't noteert: 'O veehoeder, trek krachtig aan de moederkoe'. De poëet, alweer.

Neen, niet schrijven. Het is vluchten dat 't wil, hoewel dat soms hetzelfde is. Vluchten, zoals 't vroeger deed, steeds op reis van hier naar daar, de gazellen achterna. Maar dat kan, dat mag niet meer. 't Werd eigendom van zijn geboortegrond, wandelen werd landsverraad, de nomade is de worm in de staat die tot slaaf moet worden gemaakt. De wereld is vanaf vandaag opgedeeld in stukjes, de geesten zijn betralied en het schorriemorrie zit altijd aan de overkant. Vinden trouwens ook de bewoners van de overkant. Enfin, 't is verdeeld in wij en zij.

En de veehoeder, hij trekt wel degelijk krachtig aan de moederkoe. Hij heeft geen andere keus.

't Denkt na. Dat moet, zo nu en dan. Al was het maar omdat 't nu eenmaal zo'n joekel van een denkspier onder z'n kapsel heeft waarin de gedachten versomberen of vervrolijken, al naar de omstandigheden, het humeur van het wijf en het tempeestige lenteweer. In elk geval, een machinerie die 't in staat stelt te goochelen met z'n gedachten en zich alzo te verheffen boven alles en iedereen, en andere specimens te reduceren tot noppes en niks.

Het is met die spier, dat stuk peinsmachinerie, dat 't de wereld en omstreken wil kunnen vatten. Zoals vaten wijn vatten. Zo. Maar dan beter. Uiteraard.

En 't kijkt rond. Helemaal uit zichzelf. 't Kijkt rond omdat 't dat zelf heeft beslist. Zonder de hulp van god of één van zijn vele imitatoren. 't Observeert. Vraagt zich van alles af, kleinigheidjes zowel als grootheden. 't Draait het geziene, het geproefde, het betaste, het gerokene en het gehoorde door de grote krakende molen van z'n bovenkoker en wat eruit komt is een idee, voor de gelegenheid misschien neergeschreven met een hoofdletter, een Idee.

Voilà, dat ziet er al direct een stuk serieuzer uit. En van het ene idee oftewel Idee komt weer een nieuwe vraag die op haar beurt zal worden beantwoord met een een-hele-riedel-andere-vragen-oproepende vraag. Zot wordt 't nog van dat verstand. Straks gaat 't nog beweren dat de simpelen stukken zaliger zijn. En zaliger nog, zij die plantaardig zijn van verstand. Waarom niet?

Waarom wel?

Waaruit bestaat de wereld? Met welk product is hij gemaakt?

Dát is ’t nu namelijk heel sterk gaan geloven. Ten eerste dat de aarde werd gemaakt, want hoe zou er iets kúnnen bestaan zonder dat het werd gemaakt. En ten tweede dat alles wat aanraakbaar is ook nog eens met één en hetzelfde ingrediënt is gemaakt. De rotsen, het water, het zand, de kruiden, de beesten en hun geluiden, de geuren en het vuur... dat komt allemaal uit hetzelfde atelier en is vervaardigd uit hetzelfde gerief. Het is simpel: als haar kan groeien uit iets wat op zichzelf geen haar is, en groenten kunnen groeien uit iets wat heel te gans geen groente is, of het moest natuurlijk zijn dat de aarde een hele grote bloemkool is, wel, dan bestaat er een kern voor alle dingen, en hij zal eenvoudig zijn, die kern. De druiven liggen daar allemaal niet wakker van, de geiten evenmin, maar zij moeten het dan ook maar accepteren dat ze worden uitgemolken en leeggeknepen.

De kern vatten, de absolute maatstaf van alles, de gemeenschappelijke noemer van de konijnen en de rozijnen en de regen, dáár moet ’t mee bezig zijn. De werkelijkheid haar geheim ontfutselen, de code van de kosmos kraken.

En ’t denkt. ’t Denkt in een unieke stilte en ’t komt tot de conclusie dat god een demiurg is, een wereldbouwer die als een klein kind met zijn blokkendoos heeft zitten spelen en zijn blokken heeft gestapeld tot datgene waarover vandaag de ossenkarren dokkeren en de vogels fladderen. Als dat niet goed is nagedacht! En omdat god god niet zou zijn zonder ziekelijke hang naar perfectie, heeft hij tot kern van alle dingen de perfectste aller vormen gekroond: de gelijkzijdige driehoek! Dát is het oeratoom, de grote moederkoek van het universum.

Gebeten door dit inzicht pakt 't een meetlat en een gradenboog en kleedt een rechthoekige driehoek als het ware uit van kop tot teen, de ene zijde na de andere, het zijn er dan ook maar drie. De figuur wordt volkomen uitgebeend, elke hoek ervan uitgekuist. En moet je zien, 't is nog geen vijf tellen aan het opmeten of 't komt al tot de volgende wonderbaarlijke vaststelling: de som van het kwadraat van de schots en scheve zijden is toch wel gelijk zeker aan het kwadraat van de rechte zijde! Nog eens herhalen? Dat de som van het kwadraat van de scheve zijden dus gelijk is aan het kwadraat van de rechte zijde. Wow. Als 't nog een beetje verder blijft rekenen heeft 't in een handomdraai de blokkendoos van god in handen en kan 't gewoon zelf demiurgje spelen. Maker van een nieuwe wereld, verbeterde versie, planeet 518c, met vettere koeien, wolliger schapen, smakelijker eten, hetere teven en groener gras erop. Even een paar gelijkzijdige driehoekjes spitsvondig in elkaar gepuzzeld en klaar ermee.

Werkelijk niets houdt 't nu nog weg van de geometrie. Gelijk motten naar een kaars vliegt 't op de tetrahedron, een constructie van vier gelijkzijdige driehoeken. Daarna de octahedron: acht gelijkzijdige driehoeken. Dan de icosahedron: twintig! Wie biedt meer? Eenmaal, andermaal... Om uiteindelijk na veel weggummen en vloeken en opnieuw beginnen de formule van het universum te vinden in de figuur van de dodecahedron: twaalf vijfhoeken alstublieft. God schuilt in het getal en het getal zal schoonheid zijn. De modder, het pluimvee, de bliksemschichten, olijfpitten, meubelen, muggenlarven, spruiten, schaakstukken, waterkruiken... niets kan worden bedacht of de dodecahedron is er de meester van.

Ach, er is gewoon geen andere schoonheid dan de wiskunde; elke vorm van ontroering wordt door de logica en de algebra voortgebracht. Die krokodillentranen opwellend bij het beluisteren van de smartlap 'Als uwe oorbellen blinken in de zon' dienen te worden gewantrouwd. De vreugde gevoeld bij de meezinger 'Waar gaat mijn buurman met mijn vrouw naartoe?' is vals. Deze emoties hebben niets te maken met de inhoud van het lied, in geen duizend-en-drie jaren niet, maar met de wiskunde waaraan het lied zijn leven dankt.

Neem nu de snaren van een lier. Een halve snaar maakt een octaaf, een derde van een snaar maakt een octaaf plús een kwint. Ja? Begrepen? Melodie is meer noch minder dan de harmonie der getallen.

Ondertussen is 't allang vergeten waar 't zijn oorsprong vond. Er is ook al zoveel gebeurd uiteraard, hou het allemaal maar eens bij! Van dat moeilijke begin, toen 't nog olijk tussen de eikelwormen en de schollen zwom, weet 't geen sikkepit meer na te vertellen. En zoals 't zich afvraagt uit welke geometrische figuren het heelal is samengesteld, vraagt 't zich ook af waar z'n eigen startblok stond.

'tDenkt. Alweer. Als de motor dan toch draait. 't Denkt dat 't kraakt en 't oppert ineens de mogelijkheid dat 't als iets visachtigs met een stekelige schaal begon.

En nu 't al eens met een frisse kop en een open geest naar boven kijkt, heeft 't eveneens genoteerd dat de maan een bol is. Precies zoals de zon, dat universele haardvuur, een bol is. Dus waarom zou de aarde zich anders gedragen in die grote dodecahedron van het universum en per se iets anders moeten zijn dan een bol? Dus dan tóch min of meer een hele grote bloemkool?

De aarde is een bol en daarmee basta. 't Weet het zeker. Een bol met een voorkant die het zonlicht van de achterkant afpakt, zoals dat op de maan het geval moet zijn. De helft van de aarde is donker en doods. Hoop en al een paar champignons en overtuigde pissebedden gedijen daar. Voortreffelijk als kelder, dat dan weer wel. Waar wijnen kunnen liggen tot een weerzien met een oude vriend. Maar voorts?

Het ene lumineuze idee volgt nu na het andere, ontdekking volgt op ontdekking. De wereld is rond, alle leven ontstond in het water, er is een absolute maatstaf voor goed en voor kwaad, en vrouwen zijn vodden. Dat laatste kan wiskundig worden onderbouwd, morgen of overmorgen zwaait een geleerde wel met de juiste formule. Op zich zijn ze niet helemaal waardeloos, die vrouwen, over zoveel nuanceringsvermogen beschikt 't ook wel, maar 't doet de waarheid geweld aan deze schepselen niet te beschouwen als mislukte mannen of bezoedelende elementen. Door de goden gekweekt om de mannen en hun grootse gedachten te ondermijnen. 't Besluit voor het zekerste dan maar om elke vrouw de eigendom te laten zijn van een man; eerst van haar vader, zodra ze getrouwd is van haar man. Want als zij van zichzelf moet zijn komt er miserie van. Erfrechten zijn aan dat schepsel slecht besteed, men zet tenslotte ook geen geleedpotigen in een testament. En in bed hoeft 't er ook al niet veel van te verwachten. Er is altijd wel iets; hetzij het keren der jaren, hetzij hoofdpijn, hetzij ronduit geen goesting of geen halve centiem aan fantasie. Pas op, handig om in de buurt te hebben, een vrouw. Maar als 't een beetje kwalitatief van bil wil gaan dan adviseert 't stellig de herenliefde.

't Droomt er zelfs van om een beroepsleger uit te bouwen, samengesteld uit louter en alleen mannelijke liefdesparen.

Intelligente inzichten ontwikkelen is één zaak, zich naar die inzichten gedragen een andere. Dus stemt 't wetten die ten dienste staan van de open geest. Volwassen mannen worden verplicht op geregelde basis een kleine jongen in de endeldarm te vogelen en reizen naar het buitenland te ondernemen om de blik en de pik te verruimen. Wie zich naar deze wetten weigert te gedragen wacht de doodstraf. 't Is tenslotte niet zo ruimdenkend dat 't de tegenhangers van het ruime denken een plaats kan geven in z'n gedachten. Hoe benepen zou 't tenslotte zijn als 't iets tegen incest had, tegen barbarisme, pedofilie of enig andere vorm van promiscuïteit?

Zich vermakend met diverse lichaamsgaten, ook de mindere, vooral de mindere, ziet 't z'n aantallen groeien in enkelingen die met elkaar moeten zien te leven en overeen te komen. Voor dit doeleind bedenkt 't de democratie. Iedereen gelijk voor de wet. Alleen kan niet iedereen in aanmerking komen om tot de groep 'iedereen' te worden gerekend, het zou anders nogal een zothuis worden. Vrouwen worden uitgesloten van de democratie, net als kinderen, vreemdelingen en slaven. Bij dezen heeft 't een politiek concept geïnstalleerd waar zo'n vijfde van de bevolking profijt aan heeft. Maar bon, beter een vijfde dan geen vijfde, aldus dat vijfde. En dat boffende vijfde deel komt één keer in de maand samen om te kletsen en te debatteren. Wie de grootste muil heeft krijgt gelijk. Wie z'n eigen leugens kan geloven en die heel goed weet te verkopen krijgt het snelst zijn ideeën doorgedrukt. Kunnen argumenteren, daar komt het voortaan op aan. En 't stort zich ogenblikkelijk op de edele kunst der retorica, de leer der blablabla, en 't smijt zich op de kloeke handboeken voor de sofist, waarin wordt uitgelegd hoe slechte en totaal geen steekhoudende argumenten louter en alleen door het abracadabra van een schone zin kunnen worden omgetoverd tot een doorslaggevend punt op de algemene vergadering.

Van het ongelijk een groot gelijk maken.

Er breken tijden aan waarin verkopers van deur tot deur trekken om onbenodigdheden aan te prijzen.

En er is er daar één die zich weinig van het gekakel aantrekt, een zonderling sluipt altijd wel in de rangen. Eén die de democratie laat voor wat ze is, die de ochlocraten laat praten tot hun tong verpoeierd is, die de wetten en de wetenschappen negeert en zich voor weken en weken met een blok steen terugtrekt in zijn kot, en het schone uit het lelijke kapt.

Een beeldhouwwerk, allez toe nu.

't Kijkt naar dat schoons, en 't lacht zich een kriek. Want wat ziet 't? Een bloot vrouwmens in steen. Komaan, zeg. Dat staat daar zomaar uitgebeeld, vrijelijk met haar borsten te grabbel en een opening tussen haar benen op een manier waaruit toch wreed weinig tegenstribbeling spreekt. Een vrouw, inferioriteit der natuur. Als de kunst zich nu al met dergelijke taferelen gaat bezighouden... Het zal lang duren... Gelukkig gaat het maar om een mode, en zijn modes bedacht om snel voorbij te gaan en zich te laten vervangen door andere modes.

We zijn al zó ver. Een kleine pauze misschien?

Wat 't tot nog toe heeft gerealiseerd is prachtig, wereldwonderen zonder meer. Eerlijk. Weliswaar heeft 't er evenveel zweepslagen als bouwmaterialen voor nodig gehad, maar al die obelisken, schisten beelden, terrastempels, pylonen, mastaba's en piramides staan daar dan toch maar netjes met een zweem van eeuwigheid. 't Heeft zich doen opmerken over de grenzen van de kalenders heen. Dankzij z'n monumenten, betaald met honger en ongeluk, doch groter dan het bestaan.

Maar 't is vergeten even om zich heen te kijken en als 't dat nu toch doet stelt 't plots vast dat 't stilaan zichzelf uiteen heeft gedreven. Waar hangt iedereen toch uit?

Wie naar het noorden trok, zo blijkt, verloor zijn zwarte huid om toch nog vitamines uit het weinige zonlicht te kunnen puren, wie de droge gebieden in trok ontwikkelde spleetogen. Is dat al lang? En zo scheelt er aan iedereen wel iets, blijkt, ineens. Overal sticht 't rijken en die zijn zodanig georganiseerd dat elke ontmoeting in een bloedbad eindigt. Hier heerst een koning, daar een satraap. Hier aanbidt men prei, elders aanbidt men een opperwezen dat met een drietand de zee beheerst. Loopt het links verkeerd omdat werkelijk iedereen inspraak wil hebben, dan loopt het rechts in het honderd omdat niemand inspraak krijgt.

De meeste beesten heeft 't al op een hoopje gedreven, de oerossen veranderde 't in koeien en van de wolf maakte 't een hond. Angst voor de kolossen heeft 't bijna niet meer. Maar er is de angst voor elkaar voor in de plaats gekomen.

De steden sluiten zich systematisch in met dikke muren, het is feitelijk triestig om te zien. Op de heuveltoppen bouwt 't een instrument, en er is voorgesteld om het 'katapult' te noemen, dat pijlen en stenen tot vierhonderd meter ver kan doen slingeren dankzij de torsie van in elkaar gedraaide pezen. Geen twintigduizend stappen kan 't zetten of 't komt in vijandig gebied. Makkelijk is anders. Begin zo maar eens een lief buiten de eigen familie te zoeken! Vandaar dat 't eraan denkt om vrede te stichten. En omdat 't niet goed weet hoe daaraan te beginnen, aan al die vrede, beslist 't om dat gewapenderhand te doen.

Imperialisme wil 't wel eens proberen: iedereen gelijk voor de wet, maar dan wel uitsluitend voor de wet die de imperialist heeft opgesteld. Het idee is geniaal en absoluut een poging waard. Vooruit met de geit! 't Bewapent zich om alles en iedereen onder één en dezelfde vlag te ranselen: eskadrons met ruiters, verkenners te paard, boogschutters, slingeraars, hoplieten, speerwerpers, schilddragers, foerageurs, ingenieurs, griffiers voor het dagboek van de koning, voorspellers van het weer en voorspellers van de horoscoop, een oorlogsvloot of zestig... alles bij elkaar een leger van 70 000 man alstublieft. Daarmee gaat 't vrede stichten over de hele planeet, tot ver voorbij de hoogste bergen, jawel tot aan het rafelrandje van de wereld: daar waar de vissen spertelen in honing, okselstank kan worden verdreven door wierook, waar barnsteen en goud en parels onuitputtelijk zijn, men met gemak honderd jaar wordt, kanaries dithyramben kwetteren, de tijgers drie rijen tanden hebben en waar de olifanten het vuile werk opknappen. Daar, daar gaat 't naartoe. Dat gebied zal straks het zijne zijn. Ingerukt en in galop! Sla kapot en zie niet om!

Links. Links. Links rechts links rechts. Links. Links...

't Vond natuurlijk reeds van alles uit, het ene al iets nuttiger dan het andere, onnodig dat te illustreren, maar een mechanische versie van zichzelf, een robot, zou wel handig zijn. Iets dat zich zonder verpinken laat kapotschieten en geen vrees kent wanneer het de vijand riekt. En vooral; iets wat onvermoeibaar is en kan worden vervangen wanneer het naar de bliksem gaat.

Zover is 't evenwel nog niet. Morgen misschien. En daarom moet 't ervoor zorgen het moreel onder de soldaten hoog te houden, hen zo comfortabel als mogelijk naar de slagvelden te leiden. De aanvoerder dient gevoel te hebben voor theater, hoort geen enkele beslissing te nemen tenzij een gewichtige. En mee te strijden met zijn manschappen om een voorbeeld te stellen. Worden de soldaten moe, en dat zúllen ze, dan worden ze afgelost door een nieuwe lichting frisse naïevelingen die nog niet zijn verwankelmoedigd door de werkelijkheid. Dodelijk gewonden geeft 't de garantie onder een degelijke grafsteen weg te rotten, hun weduwes schenkt 't vrijstelling van belasting, en de wezen genieten vrijstelling van dienstplicht aangezien de zoon van een sukkel wellicht een nog grotere sukkel is. Nooit mag 't het gevoel hebben dat 't oorlog voert. Tenslotte is dit hier een vredesmissie, herinner u. Eens temeer dient het moorden te worden aangevoeld als vakantiepret. Daarom draagt de strijder zijn voedsel niet zelf maar is er een complex logistiek apparaat dat alles meezeult naar de frontlijn. Overwint 't een volk, dan stelt 't zichzelf in de gelegenheid de plaatselijke vrouwen te dekken om de gedachten even te verzetten. De boog kan niet altijd gespannen staan. En niets zo deerniswekkend als een koppel volle ballen, dat bemoeilijkt de stap.

Alsof niet voldoende kan worden benadrukt hoe nuttig de terloopse uitvinding van het wiel wel is, bedenkt 't verrijdbare belegeringstorens in alle mogelijke vormen. Waar de bergen een obstakel zijn houwt 't doorgangskloven, stamp die berg maar naar de kloten!, waar een ommuurde stad de opmars stuit stuurt 't mineurs de grond in om tunnels te graven tot de muren instorten. Veertig kilometer per dag legt 't zo af, zomaar voor de vrede, zingend: zo gaat het goed, zo gaat het beter, alweer een kilometer!

De paarden die 't aan zijn wil heeft onderworpen

krijgen afgesleten hoeven en worden vervangen in karavanserais die 't onderweg installeerde. Na zoveel dagmarsen ontdekt 't een ander beest dat 't evenzeer aan zijn wil onderwerpt, de dromedaris, en het is een gemak om op de rug ervan naar de andere kant van de wereld te sjokken aangezien het debiele dier tevreden is met een streepje woestijngras en een twijg of vijf. En meer nog is het een gemak dat die bultenaar vele hete uren zonder water kan. Geef maar een snok aan de keelriem! Ju!

Zie eens hoe slim 't is! Komt 't oog in oog te staan met de vijand, dan plant 't al zijn pijlen recht voor zijn voeten in de grond. Op een rijtje naast elkaar. Zo bespant 't sneller zijn boog. En de kleinste, op het eerste zicht onnozele schram kan dodelijk zijn. Want de zwaarden en de pijlpunten zijn vuil en veroorzaken tetanus. Er op tijd bij zijn en een been amputeren is het enige wat helpt. Daarom neemt 't naar al zijn oorlogen kleine blokjes hout mee: om op te bijten wanneer de dokter zijn zaag tevoorschijn haalt.

Is er eigenlijk nog volk over om de mondiale eenheid en vrede in de wacht te slepen?

Bomen komen elkaar niet tegen en leven doorgaans langer.

De velden worden in brand gestoken, de aarde verschroeid om oogsten te vernielen en andersdenkenden uit te hongeren. 't Komt in onbekende gebieden en raakt zienderogen versleten door microben waartegen 't niet resistent blijkt te zijn. 't Verplicht zich kinderen te verwekken in elke stad die 't heeft platgetrapt, om, het is een uitleg als een andere, de sappen te vermengen en aldus het wederzijdse respect te bevorderen. Maar 't raakt moe en afgemat. Zodra het leger verder trekt, maakt 't zijn eigen kinderen af, 't moet van geen vermenging weten en daarmee gedaan.

Geen rijk is ooit zo groot geweest, geen eenheid zo immens. Binnen deze grenzen gaat de zon nog amper helemaal onder. Rechts eet 't voor de eerste keer linzen en links zet 't voor het eerst de tanden in een abrikoos. Bravo. Maar 't hangt half uiteen en 't wil naar huis, waar 't amper nog zal worden herkend en de echtgenotes hun plan hebben getrokken gedurende de afwezigheid der dappersten. Trekken de militairen weg, dan is er ineens geen administratieve basis meer voor de eenheid. De verscheidenheid is voorlopig sterker.

't Telt zijn lijken en zingt een laatste lied voor hen.

Hoe laat is het?

Tijd om te bezinnen en dan weer woest te herbeginnen. Even uitslapen en daarna verder.

Uitslapen, uitslapen? Niks van uitslapen! Direct de beuk erin ja! Gaan met die banaan!

Terwijl links de eerste machtsgrepen op de wereld mislukken probeert 't rechts opnieuw. Maar dan beter. De enige, juiste ingesteldheid.

Om te beginnen moet 't een stad hebben, en zij zal de enige zijn, van waaruit alles wordt beslist en bestuurd, een centrum van Alles, het middelpunt van de kosmos die 't op een dag volledig zal hebben ingepalmd en in kaart gebracht. En de voorgaande experimenten bestuderend komt 't algauw tot de conclusie dat 't voor zo'n stad de boorden van de zee heeft te verlaten. Want de zee, precies dezelfde zee waaruit 't zelf gekropen is, is een onbetrouwbare buur, een open poort voor invallen. Tussen de zachte heuvels, dáár moet het zwaartepunt komen te liggen. Er zijn daar een paar dorpjes van verzwagerde families, waar de varkens knorren in afwachting van hun spit, de erwten groeien en de tarwe wordt verbouwd, en er loopt een beek waarin de kinderen hun keilstenen op de vissen mikken voor de lol. Daar en nergens anders dient een stad te komen, en nogmaals, zij zal de enige zijn, zoals er nooit één is geweest en zoals er nooit één nog komen mag. Wie er woont zal het gat worden gelikt door wie er wonen wíl. Dat is wat 't momenteel in gedachten heeft: elke dag een proper gelebberd gat.

En 't graaft meteen een put, een vierkantig bassin waarin het regenwater kan worden opgevangen om alle inwoners te laven, want 't denkt dit keer werkelijk aan alles. Waar het nu op aankomt is om eerst hier en daar een paar andere volkeren de kop in te slaan en ze te beroven van hun bezittingen. Want die stad, die mag iets kosten natuurlijk en geld heb je niet voor het planten zoals de selderij, je moet het pakken waar het te rapen valt.

De boeren, ze verlaten hun akkers en gaan op oorlogspad om te schoppen en te slaan en om met hun zakken bol uiteindelijk weer thuis te keren. Voor het zekerste bedenkt 't rap ook nog een stukje god, een oorlogsgod, bij wie 't kan mouwvegen om de zege te verkrijgen. Wordt de oorlog verloren, dan is die god een slechte god, ha ja, en wordt hij afgedankt en vervangen door een andere.

Worden ze tenminste zelf niet afgeslacht, dan keren de boeren terug, naar hun vrouwen en hun ganzen, met geld dat ze schenken aan de kas voor de op te bouwen superstad en geld dat grotendeels ook verdwijnt in, haha, hun eigen zak. 't Nagelt de honden van de overwonnenen aan een kruis, zomaar, voor de vernedering en de pret die daar aan te beleven is, en 't haalt eveneens hun mijnen leeg. Tufsteen, om te bouwen; een stadswal van 10 meter hoog en 11 kilometer lang. Als 't iets doet moet het goed zijn. En binnen die stadswal: huizen, te groot om zelf nog te willen kuisen zodat 't op een ander werkvolk pakt, slaven, die heel het kraam proper mogen houden.

En ziet, het werkt al. 't Is nog niet goed begonnen met de metselwerken of 't krijgt al volk over de vloer, gezelschap dat iets heeft opgevangen over de in aanbouw zijnde superstad en er ook deel van wil uitmaken. Zodat op een wip en een tel dat onnozel vierkantig bassin is leeg gezopen en 't uit de beek zou drinken als die niet was volgescheten door hen die liever in de rivieren dan in hun eigen woonkamer scheten, en als daarop maar niet de afval dreef die 't al heeft geproduceerd.

't Zoekt een uitweg voor zijn eigen stront en bouwt een riool, overkoepelende goten waarin iedereen naar believen zijn drek kan lozen, een architecturaal wonder waarvoor woorden tekortschieten en waarover dus maar beter wordt gezwegen. En voor de smerigheid die in de straten ligt te stinken jaagt 't varkens door de in opbouw zijnde wereldstad; allesvreters, de roze kuisploeg.

Maar verder gebouwd nu aan die stad, kom! Geen zuilen opgebouwd uit cilindrische secties, zoals de voorgangers nog deden, ouderwets vlakgeslepen en nadien met bronzen pennen op elkaar gezet. Dat 't ooit nog zo stom heeft kunnen zijn, hilarisch gewoon, achteraf bezien. Dit keer zal 't bouwen als een heerser, met een specie die alles overmeestert. Dus zoekt 't naar een kalkhoudende stof als bindmiddel, een mengsel van grint en zand en cement. Iets dat hard wordt kortom wanneer er water aan wordt toegevoegd en waarin geen luchtbellen zitten. Want lucht betekent altijd wel voor iets of iemand leven en 't duldt nu echt geen concurrentie meer. Aanschouw toch dat resultaat, een product dat werkelijk alles waaraan wortel hangt verstikt en naar de knoppen helpt, iets wat alle leven voor de planten verder nog onmogelijk maakt, de aarde onderdompelt in een suprematie van donkergrijs en waar 't trots op is, een uitvinding simpelweg genaamd: beton. Goddelijk beton.

't Bouwt een huisje voor de vorst, groot genoeg opdat diens standbeeld van veertig meter hoog erin passen kan, een huisje met een driedubbele galerij van meer dan een mijl lang, een plafond waaruit reukwerk druppelt op tijd en stond, wat bladgoud hier, wat ivoren vakken daar, en nog wat parelmoeren frulletjes ginds. En straten, waar blijven die straten, breed genoeg opdat er twee karren naast elkaar zouden kunnen rijden?

Een stad, de enige, waarin alles te vinden is wat overal en nergens is. Vandaar dat 't nu ook een zwembad in elkaar knutselt, een badhuis met daarin onder meer winkels, sportvelden, tuinen met oneetbaar schoons, sauna's, bibliotheken, muziekkiosken, kapsalons, massagetafels en een parfumerie. Een zwembad waarin geen zwemmer stijve tepels heeft, want de hele kuip is gevuld met water dat wordt warmgestookt door zo'n duizend arbeiders die per dag tien ton hout kappen en er vervolgens de fik in steken. Een bad voor alleman, vuilaards en properen plonzend naast elkaar, zodat men eruit kruipt en zich ogenblikkelijk kreupel krabt aan de schaamluis. En de kinderen, die ineens geen vissen meer vinden om op te mikken, die moeten dan maar een ander spelletje verzinnen. Want de rivieren zijn dood. Drab en derrie, zelfs de honden weigeren daar nog langer uit te drinken.

’t Zou uiteraard altijd nog kunnen terugkeren naar de dorpen van weleer, daar waar de beken helder zijn. Die stap terug is nu nog klein. Maar ’t blijft liever hier en laat zijn drinkbaar water importeren. Stijlvoller, toch. Met 60 000 is ’t al in deze stad. Verdomme dat ging rap. Samengepakt op 426 hectaren. En die 60 000 zullen zich spoedig kunnen laven aan het water dat via een aquaduct van elders komt. Zo gaat dat in de moderne tijd; is de voorraad op dan boort ’t elders wel een nieuwe aan. De eerste zeven stenen van dat aquaduct liggen er al, en ze zijn prachtig. De achtste steen komt zodadelijk, eerst nog even een volk onder de voet lopen zodat het hele ding kan worden afbetaald.

De boer ruilt de schoffel voor de knuppel, blij weer een bluts te mogen slaan in het bakkes van een vreemde die hij zal pluimen tot op de laatste stuiver. En komt de boer terug, het kan meezitten, dan treft hij zijn land aan waarop geen halve stengel meer staat aangezien het die hele heerlijke oorlog lang onbewerkt is gebleven. ’t Heeft honger. Hoort ge? Honger! ’t Stort dan maar beton over z’n armetierige landbouwgronden en besluit om ook zijn vreetsel elders bij elkaar te rapen.

Havens, die moeten er ook zijn, om dat vreetsel van elders geleverd te krijgen. De heuvels worden in twee gespleten, de dalen overbrugd. Want elke inwoner van deze stad snakt naar zijn dagelijkse rantsoen van driekwart liter wijn. 't Kan geen honger blijven tolereren. Runderen en schapen worden van overal met stokslagen naar de stad gedreven, de pakhuizen zitten volgepakt met 180 000 ton graan waarin de ratten en de muizen komen schijten en kleintjes maken, en ook 300 000 varkens moet 't hebben per jaar om elke avond na de maaltijd een schoon boertje te kunnen laten.

Hoe laat is het?

't Zit al met een kwart miljoen soortgenoten in de stad, woeps. Die kunnen niet eens meer naast elkaar worden gelegd voor het slapengaan. Maar voor ieder probleem bestaat er een oplossing. Kijk maar. 't Bouwt al in de hoogte, appartementen, waarin de gezinnen ondervinden dat ze nooit als enige potten smijten naar mekaar in tijden van echtelijke dip. En al metselend en bricolerend en bouwend wordt 't plotsklaps geconfronteerd met iets waar 't zich aanvankelijk geen raad mee weet: die huizen, ze vervallen na een tijd. 't Heeft bouwmaterialen gehakt uit de rotsen die er altijd stonden met een air van onvergankelijkheid, maar de bouwmaterialen storten in, de rot kruipt erin, de zwammen eisen hun ereplaatsen op. In plaats van te bouwen heeft 't ineens her op te bouwen, te onderhouden. Hetgeen geld kost. 't Voerde best gaarne oorlog om te bouwen, maar een oorlog om her op te bouwen vindt 't toch een beetje sneu.

Dus bedenkt 't een fonds, een hulpkas voor de renovatie van de stad, gevuld met wat een nieuwe belasting op de hoererij heeft opgebracht. Immers wordt er hier allebot voldoende zaad in de betaalde lijven gepompt. Hoeren genoeg, getooid in transparante chemisettes, directoires, geborduurde kamizooltjes, boezemsjerpen, mauve mantilles, schortdoekjes, bijgod zo geil, en sluiers, en petticoats. Het jaar nadien dragen ze iets anders om uit te doen, want er zijn modes, 't beleeft er plezier aan vandaag te veel te betalen voor wat 't morgen weer waardeloos wenst te vinden. De wangen bestreken met vermiljoen en het lijf zo wit als mogelijk, dat zijn de hoeren die zich te goed voelen om een hoer te zijn en dan maar courtisane zijn. Ze spelen de cithara, falderie, faldera, en hebben verstand van make-up. Ze komen klaar op de juiste toonhoogte en dienen als pronkstuk voor de klant die haar overlaadt met mirte en munt. En er zijn de hoeren, de echte, zij die geen munt in hun spleten te steken hebben om te verbergen dat ze rieken naar gezouten vis. Hoeren van twee kwartjes, vaal en ziek en nauwelijks ontluisd, met gezwollen voeten van het tippelen door de stad. Er zijn de deernes van de dokken, lelijk en stinkend zonder pardon, maar o zo heerlijk om in hun hol even de zeeën te mogen vergeten. Er zijn de moeders die hun dochters in de aanbieding zetten om te overleven, en er zijn de bejaarde slavinnen die voor hun meesters niet meer rendabel waren en werden vrijgelaten, en die zich nu hebben te laten bekruipen voor een handje graan. Er is genoeg voor iedereen, ook voor de vaders die hun zonen wensen in te wijden in het wonder. En aangezien 't altijd al op vooruitgang en verbetering was gesteld, vindt 't het ook nu weer tijd voor een nieuwe vondst en bedenkt 't het garantiebewijs. Niet tevreden van de slet, geld terug. 't Organiseert hoerenbeurzen op de grootste sportterreinen die 't heeft, toegankelijk voor koper en verkoper, want er dient tenslotte te worden geneukt om deze stad te redden van haar ondergang. Poepen voor de stadskas, beuken uit burgerzin. Laberdi, laberda, laberdonia. En de tweestuivershoer, als ze kreunt is het misschien om het geluid van haar rammelende maag weg te steken. 't Kent armoede, omdat 't rijkdom kent. 't Heeft meer dan een ander omdat een ander minder heeft.

Zou 't daar soms nog eens aan denken, aan de momenten van het collectieve grondbezit? Toen alles nog van niemand was waardoor iedereen iets had? Nu moet 't kunnen zwaaien met een eigendomsbewijs. 't Is pachter of deelpachter, slaaf of meester, 't heeft een bovenklasse en een plebs. En naargelang z'n afkomst heeft 't last van vadsigheid, of van honger.

À propos, iemand onlangs eigenlijk nog een reuzenwombat gezien?

Als 't nu nog eens een god op aarde zet, het is alweer een hele poos geleden? Een god, waarvan men de naam niet mag noemen bijvoorbeeld, het is eens wat anders. Een god, waaraan 't zijn bestaan heeft te danken, een opperwezen dat alle leven boetseerde uit wat klei, en die men heeft te eren door een dag per week geen poot uit te steken. Een god die 't verbiedt dieren met gespleten hoeven of niet-herkauwende wezens op te vreten, en die 't vraagt de hoofden van de vrouwen kaal te scheren omdat vrouwen sowieso te lichtzinnig zijn en klets zijnde iets minder snel geneigd zullen zijn te flikflooien.

Of neen, neen, 't neemt een andere god, één die met zijn broek aan een kind verwekte met een maagd, zo'n profetenkind dat doden wekt en wijn van water maakt met een vingerknip. Goden, allez toe, waarin 't moet geloven om het eeuwige leven te verkrijgen.

Of als 't gewoon eens zelf een god zou zijn? In plaats van koning of consul wordt 't keizer: een god van vlees onder de krabbers. En de keizer, die is het gekakel en het geredetwist moe en kondigt de alleenheerschappij af, noemt zichzelf 'de verhevene' en houdt zozeer van zijn eigen smoelwerk dat hij zijn portret in alle munten slaat. Hij laat de boeren boeren en richt een beroepsleger in, vervangt elke baksteen door marmer en maakt de stad nog chiquer dan ze al was.

't Aanbidt de keizer, al heeft 't eerlijk gezegd niet veel keus. Het is aanbidden of sterven. Maar goed, er is al beterschap op komst; de keizer wordt vergiftigd door zijn eigen wijf die haar zoon uit een vorig en vurig huwelijk op de troon wil zien. Een andere en een betere! Verandering van spijs doet vreten! Daarmee zit 't nu met een nieuwe keizer opgescheept, één die stijf staat van de paranoia omdat hij als geen ander beseft dat er altijd wel ergens wijven zijn die hun zoon de troon op willen; één die lastige senatoren de dood in jaagt en de bijl laat zetten in de nek van elkeen die hij niet vertrouwt; een zwartgallige en depressieve heerser die zich terugtrekt op een eiland en van daaruit doodsvonnissen uitvaardigt over de verdachten van de stad; één die in dekens wordt gewurgd om andermaal een andere en een betere op de troon te hijsen. 't Heeft bij deze gelegenheid een keizer, een lelijkaard met epilepsie, die zijn soldaten in slagorde op het strand heeft gezet en hen daar schelpjes liet rapen, want bezit is macht en schelpjes zijn de krijgsbuit van de oceaan. Een heerser over de wateren enfin, die schijnveldslagen in de bossen uitvoert om het respect op te vijzelen enerzijds en eretekens te verzamelen anderzijds, een kwibus die geld wegsmijt en prestige verleent aan een dierentuin vol zeldzaam wild. Een keizer die woest wordt wanneer zijn dienaren zeggen dat de prijs van de schapen te hoog werd om ze te laten dienen als voeder voor zijn exquise collectie wilde beesten. Waarna die wilde beesten geen schapen meer krijgen op het menu, maar wel krijsende dienaren aantreffen in hun voederbak. Een keizer met op zijn minst zoveel inzicht in zijn eigen soort dat hij zijn paard tot consul benoemt. Een keizer die op zijn eigen zusters kruipt als de vrouwen van zijn senatoren onbeschikbaar of ongesteld zijn, en die wordt vermoord met een zwaard om, juist, een andere en een betere het keizersgewaad te laten passen.

En zowaar, 't maakt nu mee dat er geen één nog keizer wíl worden, hoeveel perversiteiten men zich met deze titel ook kan veroorloven. 't Heeft er eentje vanachter een gordijn te sleuren, eentje die geen goesting heeft om zich morgen of overmorgen te laten afslachten en die desalniettemin de troon wordt opgestampt. En nu die dan toch op zijn troon zit en er geen prettige weg terug lijkt, past hij zich aan en maakt hij meteen driehonderd ridders en vijfendertig senatoren af; potentiële complotsmeders. En deze keizer, het bevalt hem gelijk nog ook om keizer te zijn, zot van bloed en zot van sadisme. Helaas opgescheept met een teef die hem ongelukkig maakt; een nymfomane doos die hij executeert, waarna hij trouwt met een andere teef die uit een vorig en vurig huwelijk al een zoontje heeft. En die moet natuurlijk op de troon worden gekregen. Het gif zit dit keer in de paddenstoelen die de keizer eet, het moeten niet altijd vijgen zijn. Een andere en een betere! Een jodelaar dit keer, één die jankt als de katten en daar podium en applaus voor wil. Een keizer die zijn hoogzwangere vrouw doodschopt als ze zaagt omdat hij te laat is weergekeerd van de wagenrennen, één die de mannen laat castreren om met hen de liefde te kunnen bedrijven zoals hij dat gewoon was van te doen met zijn vrouw vóór hij haar had doodgeschopt, één die zijn tuin verlicht met brandende lijven en die zo slim is om zichzelf met een dolk van kant te maken omdat hij geen goesting heeft om vermoord te worden. De volgende!

Vecht 't af en toe nog wel in oorlogsverband? Want als het crapuul niet toevallig keizer is moet dat worden opgesloten, en dus is er geld vandoen, veel geld, om meer gevangenissen te bouwen. Donkere, betonnen koterijen, kuilen van vier meter diep waarin het stinkt en vochtig is. De verachtelijken stampt 't in een kerker waarin 't kan horen hoe in een belendende kerker de nekken van ándere verachtelijken worden gebroken, zodat ze kunnen wennen aan wat hun wacht. En de lijken smijt 't van de trap, de straat op. Hoe vriendelijk, zoals 't voortdurend de gieren ruim te eten geeft.

Het komt niet aan op een executie meer of minder, 't is met volk genoeg, onder andere om zich te vergapen aan openbare terechtstellingen, het gedeelde genot te zien sterven is dubbel genot. 't Organiseert, ten bate van zoveel genot, bijltjesdagen, waarop de ene na de andere gangster wordt genekt. Met uitzondering van de maagden. Want 't heeft manieren en schreef in het wetboek dat het ethisch onverantwoord is om maagden te veroordelen tot de dood. Het ethische wezen. Dus roept 't een beul in het leven, belast met het in de rapte nog eens verkrachten van dievegges, opdat de letter van de wet gerespecteerd mag blijven.

Zo gaat 't vooruit. Door hardheid. Door mannelijkheid. Door onverschrokkenheid. Geheel in overeenstemming met z'n levensvisie moet 't bijvoorbeeld van geen kunst meer weten, dat verwijft de zeden. Kunst is niet over de hele lijn verwerpelijk, 't kan er bijvoorbeeld de pronkzucht mee bevredigen, maar het is niet iets om al te ernstig te nemen. En wil 't eens pronken, dat komt in de beste gezinnen voor, dan moet 't de kunsten van andere volkeren stelen aangezien 't zelf geen oorspronkelijke artistieke ideeën heeft. Nogmaals: 't is geen trut, wat zou 't dan artistieke ideeën hebben?

Neen, 't is inderdaad geen trut; 't heeft verkregen wat 't heeft door vent te zijn, een vechter, één die graag de dood van een ander in de ogen kijkt. En om de moraal te onderhouden en de moordlust op peil te houden richt 't spelen in, onderhoudende programma's waarbij het ene lijf na het andere wordt kapotgekapt. Aangezien 't zijn hele omgeving reeds onder het beton heeft bedolven mist 't namelijk ook de adrenaline die 't ooit door de aders voelde stroelen wanneer 't op jagerspad ging. Och, nog eens een hert te kunnen doden op ambachtelijke wijze! Zo nog eens simpelgaandeweg tegemoet te kunnen komen aan dit vroege atavisme!

Daarmee bouwt 't een amfitheater, honderdduizend kubieke metertjes aan bouwmaterialen groot, bekostigd met, rarara, oorlogsbuit. Een indrukwekkend spel omzoomd met tribunes waarin de eerlozen bovenaan zitten en alles wat zich naar de politieke top heeft geslijmd en geklopt en gevogeld mag blinken in het zicht van alleman. Daar slacht 't in de ochtend beesten af: struisvogels, olifanten, giraffen, leeuwen, ganzen, everzwijnen, ezels, bizons, panters... Alles wat in staat is te sterven smijt 't de arena in, duizenden kilo's vlees per dag. Tonnen. 't Zou natuurlijk zonde zijn om iets van die dieren hun kostelijke doodstrijd te moeten moeten missen, dus bedenkt 't een systeem voor zonnewering. Klip en klaar. Ziezo, dat is al veel beter nu.

Heeft 't geen interessante beesten meer om af te maken, dan start 't een militaire campagne in een wreed ver buitenland en neemt vandaar nog een paar unieke exemplaartjes mee. Zie, een krokotta, ooit al gezien? Maak maar af! Pas op, 't is wel al verder gevorderd dan dat 't altijd bloed zou moeten zien om zich te verblijden. Ook zonder bloed weet 't spektakel te verkrijgen. 't Kan de hele arena onder water laten lopen, bijvoorbeeld om zeeslagjes na te spelen, maar ook om paarden traag te laten verdrinken, hetgeen 't enorm op prijs weet te stellen.

Na het bekijken van deze geanimeerde jachtpartijen eet 't een hapje, immers is er meer dan genoeg aanwezig om te roosteren, en zet 't zich schrap om de pompa te bewonderen. De pompa: een feestelijke optocht van ter dood veroordeelde gevangenen en slaven van mindere kwaliteit, die in processie door de arena worden geleid. 't Heeft een presentator die de misdrijven en de straffen met gevoel voor intonatie voorleest. Waar wacht 't op? Misdadigsters worden eerst nog eens gedekt door een stier alvorens ze worden gespiest, moordenaars dienen zich eerst eigenhandig te castreren en worden dan aan de beren gegeven, en zij die geloven in de god die water maakt van wijn, neen, wijn van water was het, worden aan kruisen gespijkerd of, banaal maar niet minder grappig, het hoofd afgeslagen. Er is vermaak voor iedereen.

Heeft 't nog iets opgespaard dat kan worden gewurgd? Neen? Laat 't dan nu overgaan tot de gladiatorengevechten, man tegen man, broer tegen broer, slaaf tegen slaaf, vader tegen zoon, echtgenote tegen maîtresse, schandknaapje tegen schandknaapje, tot de spelersgroep is gehalveerd. En kom, kom, 't kan niet genoeg lachen nietwaar, het bestaan vráágt erom te lachen. Waarmee 't nog een spelletje bedenkt, iets met geblinddoekte strijders die in het ijle met hun zwaarden zwaaien en smijten en niet weten dat hun tegenstander zich tien meter verderop bevindt. De max, gewoon.

Maar wat de verbazing wekt; ondanks het feit dat er aan de lopende band kadavers worden gecremeerd blijft het inwonersaantal maar groeien en groeien. Met een miljoen is 't nu al in deze stad! Een miljoen! Ding dong, ding dong. Samengeperst op niet minder dan duizend hectare, met drie huishoudens boven elkaar in vaak raamloze kamers. 't Zou de stad willen uitbreiden maar 't kan simpelweg niet meer: de heuvels waartussen 't is komen wonen staan al vol. Een miljoen...

En 't wordt stilaan onnozel ook van zijn eigen lawaai. In elke straat wordt er met hamers geklopt en met stenen gezeuld, de handelaars roepen zich schor om klanten, de epileerders doen hun werk op de stoepen en plukken oksels en benen kaal, de leraren geven les op de pleinen en blaffen hun onwillige studenten af. Er zijn de bedelaars, de bakkers, het gekletter van wielen over de stronkelstenen van de kronkelstegen, zij die elkaar de huid volschelden omdat het verkeer zit vastgepropt, altijd maakt 't lawaai, altijd, altijd, dag en nacht en nacht en dag.

't Houdt nochtans zuiveringen door een pak vreemdelingen en slaven te liquideren, zodanig zelfs dat het bloed met sponzen van de marktpleinen moet worden gesopt, 't vervolgt diegenen die geloven dat ze hun vrouwen moeten scheren en 't vervolgt diegenen die geloven dat je 's vrijdags heus geen vlees mag eten. Maar de stilte waaruit alles ooit eens werd geboren keert nooit meer weer en al helemaal niet naar deze miljoenenstad.

't Leeft in zijn lawaai en 't leeft in zijn stank. De stront moet voortaan worden opgespaard want 't vraagt nu werkelijk zoveel van de velden dat er voortdurend moet worden gemest; geen enkele drol mag nog worden versast in het kanaal. 't Stelt slaven aan die niks anders te doen hebben dan vliegen neer te meppen, en uit de grote dampende hopen schijtsel komen de tetanusbacteriën gekropen. 't Heeft honger. Hoort ge? Honger!

En 't komt op straat en eist massaal het nu nog verse vlees van de ter dood veroordeelden van de dag op. De stad is vol, proppenste vol, de gronden geplaveid. Bij de eerste serieuze regenbui wordt met andere woorden niks nog opgeslorpt en spuwen de riolen hun inhoud naar boven. Huisdieren verzuipen in de vloed en blijven gisten tot de gieren zich te schransen zetten.

Wat daar momenteel bloed oprochelt en nerveus zijn zweren aan klodders krabt is heerser over de wereld; een beschavingsmonster met een onvolledig geel en bruin gebit en een door staar vertroebeld zicht op de leeftijd van dertig jaar. Kreupel van de jicht. Bezitter van cholera, schijterij, hepatitis, tuberculose, lepra, tyfus. Eigenaar van ruggenmergtering, leverknobbels, gonorroe, hondsdolheid, aambeien, psoriasis en spruw, want een ongeluk hoeft nooit alleen te komen, verkankerd en creperend evenwel genietend van z'n realisaties.

't.

En 't zou nog eens op de hoeren moeten kruipen om de stad na de zondvloed wederom weder op te bouwen en bedenkt voor het zekerste ook nog eens een belasting op toiletgebruik. Smijt maar de stadskas in! Schijt het rijk rijk! Het schepsel der schepselen betaalt nu ook al om te mogen pissen; glorie zij het intellect.

Iemand kandidaat voor het keizerschap? Neen, 't heeft ronduit geen goesting meer om zich te laten vermoorden, het keizerschap wordt overgelaten aan kinderen van veertien jaar, of per opbod verkocht. 't Betaalt zich blauw voor z'n geïmporteerde graan, het geld dat 't ooit zo zelfvoldaan wist uit te vinden blijkt ineens geen knol meer waard te zijn wegens inflatie, en aan de grenzen staan de uitgebuiten klaar om wraak te nemen en deze stad aan gruzelementen te slaan: 't vormt een guerrilla met de honger als generaal. Doe daar nog een epidemietje pokken bovenop en binnen een zucht is 't ineens maar met 30 000 meer in deze stad. Zo rap kan het gaan.

En daarmee vraagt 't zich opeens af of de aanbidders van die ene maffe god misschien toch geen gelijk zouden kunnen hebben. De god, en er wordt beweerd dat hij de enige is, die een maagd kon laten bevallen van een wonderkind dat verkondigde wat zijn onzichtbare vader hem influisterde, namelijk dat het leven op aarde van geen tel is doch een voorspijsje van het eeuwige leven dat kan worden verworven door gewoon maar te geloven in de god. 't Stopt ermee de religieuzen af te slachten en geeft hun meteen de schoonste postjes die er te rapen zijn in officiële functies. 't Organiseert ogenblikkelijk concilies waarop wordt gedebatteerd over belangrijke vragen zoals 'is die zoon nu evenveel waard als zijn vader?' en stelt vast wat als ketterij moet worden bestempeld en wat niet. Aan het hoofd van deze godsdienst wordt een paus geplaatst, íémand moet de touwtjes tenslotte in handen nemen. 't Schaft belastingen af op de erfenissen en de schenkingen die de bewakers van deze godsdienst ten gunste vallen, zodat binnen de kortste periode die paus de grootste grootgrondbezitter op aarde is. En aangezien deze god zowel de veelwijverij als de veelventerij afkeurt, komt er een verbod op overspel. De pornocratie stuikt ineen en sleurt het hele bestuursapparaat en haar vervallende gebouwen mee.

En de gronden, die zijn geërodeerd, zo te zien nog voor een hele tijd. 't Zet weer dapper een boerderijtje recht en bidt tot die ondertussen al halvelings verplicht te aanbidden god of er alstublieft toch een onnozel gewasje uit die dode grond zou mogen opschieten.

Het wordt eindelijk weer wat stiller. 't Laat zich zakken in de zetel en bekomt.

't Is moe, en de wereld met hem.

Hoe laat is het?

Tja, en aan sport doet 't nu ineens ook niet meer. Maar 't is toch zo tevreden van zichzelf. De barbaren, dat zijn de anderen. Altijd.

Ach, kind, zwijgt stil; het is een triestig leven op een triestige wereld. Nog een geluk dat het met die wereld ver afgelopen is; die zal allengs door middel van 1468-jaar-durende vuren worden vernietigd op bevel van de grote kosmische chef d'oeuvre. Maar 't is geduldig en keert zich alvast nu reeds af van de hele teringzooi. 't Hakt op een kameelrit reizen van de dichtstbijzijnde bewoning een nis uit de rotsen en kruipt erin. 't Laat daar z'n baard groeien en bevlooien en is content dat 't zich voor niks of niemand nog moet wassen of scheren. 't Laat er luide winden zonder pardon te zeggen en 't ringt er mediterend de dagen aaneen zonder ook maar één keer op te staan om te pissen. Heeft 't iets vandoen om z'n meditatie verder te zetten, want voor niks gaat werkelijk nog niks, zelfs het niksen niet, dan knoopt 't een tapijtje of vlecht 't een matje van z'n haar en verkoopt dat aan de immer toevallige passant, nadat die laatste tenminste is bekomen van het verschot. Okee, 't heeft weliswaar niet vies te zijn van een spinnenkop als maaltijd, maar 't heeft hier alleszins geen toneelstukken en geen beeldhouwwerken aan zijn hoofd, geen keizers, geen oorlogen en geen belastingen.

Vindt 't het heremietenbestaan een tikkeltje te smerig of heeft 't z'n stoverij het liefst toch een beetje gebaad in het bruin bier, dan moffelt 't zichzelf in een zwarte pij en duikt 't onder in een klooster. Daar schoffelt 't een paar uurtjes in de moestuin onder zeurderig gezang met de klep van het verstand naar beneden, en mompelt 't de rest van de dag karamellenverzen in de richting van de hemel.

Het is duidelijk: 't keert zich af van de wereld. Van de wereld en van z'n geslachtsdrift. Want een verlangen om te vogelen is meer noch minder dan een geprojecteerd verlangen naar god, een betreurend feit van concupiscentie, zoals 't in welopgevoede en tevens welgevoede kringen zegt. Had 't soepelere buikspieren gehad, 't had z'n eigen fluit er allang afgebeten. Was 't meteen ook van veel miserie verlost. Nu zit 't daar, concupiscent gaandeweg naar god te verlangen met een stijve fluit en een natte schuif. 't Kan maar beter een aker koud en stillend water over z'n koppige lichaamsdelen gieten, aangezien de maagden een betere behandeling krijgen in het paradijs. Maagden en martelaren. Dat laatste maakt dat 't zich nu zelf al komt aangeven bij zijn beulen: 'Sla mij, nagel mij aan een balk, beschimp mij, verneder mij, laat mij alstublieft latrines proper likken, doe mij toch dood.'

En geef 't maar eens ongelijk; wat is tenslotte een beetje ambetantigheid vergeleken bij een voorverwarmde vip-plaats in de absolute eeuwigheid?

De krabbers, de slaven, de sukkels, de mismaakten; zij vinden, alweer, een grote troost in het vooruitzicht op de dood en al de dagen erna. De dood als socialist. Gelijkheid in de lijkstijfheid. Lang zal dat overigens niet meer op zich laten wachten, de grote rekenwonders hebben becijferd dat de dag waarop god met zijn vlammenwerper de aarde zal vernietigen nabij is. Het kan voor ieder moment zijn. Waarom zou 't dan nog moeite doen voor eender wat? Straten die aan herstelling toe zijn blijven liggen zoals ze liggen. Wat zou 't bijgod gaan renoveren dat morgen naar de finale schroothoop gaat?

De romantische zwever, de eeuwige probeerder, die van ver is komen aanlopen om te pochen met de uitvinding van het papier, zodat 't eindelijk verlost is van dat lastige perkament om op te schrijven en 't geen boeken van palmbladeren meer bij elkaar hoeft te binden, wordt vierkantig uitgelachen. Allez, papier, serieus zeg! 't Kuist er nog liever zijn gat mee af. (Hops, wéér een uitvinding.) Want moeite om te leren lezen of schrijven neemt 't niet meer. Wie kan zich daarvoor motiveren met het eind van de planeet in zicht? Kijk eens vijfentwintig volle tellen hier: 't heeft al vele ter dood veroordeelden naar de galg gebracht, en daarvan was er geen enkele aan het studeren op zijn schavot. Dus? Bovendien geeft het paradijs niet enkel een voorkeursbehandeling aan maagden en martelaren, ook de dwazen wacht er een eredecoratie op de borst. Zalig zijn de kiekens.

In de grote steden is er maar vijf procent alfabeet. Het is dan nog niet eens eender in welke taal men leest of schrijft. Wie in zijn eigen taal schrijft is een geitenlulletje van niks. God spreekt immers niet in de taal van het volk. Misschien kakelt hij, want zalig zijn aldus de kiekens en aangenomen mag worden dat hij er toch wel eens een praatje mee zal slaan, terwijl hij hun eieren opraapt. Maar om zomaar tegen zijn eigen spiegelbeeld gewone boerenkosttaal te spreken is zijne perfectie uiteraard veel te verfijnd. Die wil kunnen jongleren met kostelijke suffixen.

Trouwens, zo over intelligentie gesproken: 't heeft zich te hoeden voor namaak. Als de charlatans niet in de kunstensector zitten, dan vinden ze hun stek wel in de wetenschap. Ze kletsen wat uit hun nek en krabbelen er een formule onder, de zevenkantswortel van een algoritme, hocus pocus cosinus, en iedereen knikt verstomd. Zo werd 't onlangs nog vanuit wetenschappelijke hoek met verbazing geslagen omdat de wereld rond zou zijn. Nog maar eens. Berekeningen van hier en bewijsvoeringen van daar, alles was gecheckt, gedubbelcheckt en gequadruppelcheckt: de wereld was rond. Juist. De wereld is rond en de appelen zijn vaneigens plat. Want 't is nog eens gaan nadenken over deze oude kwestie. Een ronde wereld zou maken dat alle voeten naar elkaar wijzen. Dat is niet beleefd, naar elkaar wijzen. Om te beginnen. Een ronde wereld zou tevens een nieuwe vraag lanceren, namelijk: wie loopt er recht en wie loopt op z'n kop. Dan zou 't ondersteboven moeten kunnen hangen zonder een knalrode kop te krijgen. Er zouden bomen moeten zijn die naar beneden groeien en die zich voeden met regen die naar boven valt. En wat de hemel is voor de een, zou dan de hel zijn voor de ander, zeker? Maak dat de ganzen wijs! De ganzen en de vrouwen.

Nu 't gedoemd is om binnen dit en een scheet samen met de aardbol, neen, om samen met de aardschijf op te fikken en in de wachtkamer van het paradijs te worden gezet, lijkt 't volkomen nutteloos om zich nog langer met geneeskunde bezig te houden. Van geen enkele waarde is de kennis van het lijf als 't morgen reeds een geest zal zijn. De anatomen leveren hun messen en hun slijpstenen in. Verplicht. Want hoe dom ook. Oorlog na oorlog na oorlog heeft 't kunnen aanschouwen hoe 't is samengesteld uit blubber en bloed en drek en sap en slijm. De ene na de andere werd opengereten, opengesneden, gespleten, aan fragmenten geklutst, gekaakt als een haring of kapot gesmeten. Of lag te rotten tot z'n hele binnenkant spontaan naar buiten kwam. 't Heeft z'n hele anatomie al meermaals uit de muil van honden zien bungelen. Als 't nú nog niet weet wat er zich schuilhoudt achter z'n eigen huid!

Dat een verbod omzeild kan worden weet 't al langer. De chirurgijnen kijken eens goed rond naar gelijkenissen in de natuur en halen tenslotte hele scheepsladingen apen naar hun dissectielokaal. Zijn al die beesten vervolgens uitgerafeld en ontbeend, en zet er zich een dissidente stilte in het oerwoud neer, dan komt 't tot de conclusie dat een lijf niks meer is dan een tripartiete ziel die op geregelde tijdstippen op een pot moet worden gezet. Vooral na het veelvuldig naar binnen spelen van appelsienen.

Een tripartiete ziel. Het is weer eens wat anders.

Natuurlijk zijn er altijd die het beter willen weten, de dommeriken meer bepaald. Diegene die daarstraks van de gelijkenis met apen sprak is reeds opgepakt en aan repen gesneden, en zonder voorafgaande studie op zijn spijsvertering ogenblikkelijk aan het insectendom gegeven. Hoor ze smikkelen, de kevertjes.

'tKan toch niet zomaar handelen in naam van de wetenschap als 't daarmee tovenarij bedoelt, dat heeft geen fatsoen. Apen openknippen? Kom, kom. Dat is toch ook uitsluitend en alleen om drankjes van te brouwen? Neen? En uit schrik om voor een wetenschapper te worden versleten verbrandt 't zijn boeken, áls 't al boeken heeft. Er rust een gevaarlijke vorm van wantrouwen op elke geletterde. Maar vooruit, 't ziet het langs de positieve kant: een half jaar lang worden de openbare baden verwarmd met brandende boekrollen. Dat scheelt aan de portemonnee. En als het aan de portemonnee scheelt, dan scheelt het ook aan 't lief.

Ding dong, ding dong. Da's de bevolkingsteller. Die heeft net zijn tweehonderd miljoenste tripartiete ziel geregistreerd.

Waarom zou 't scharen in apen zetten om kennis te vergaren? Weet 't nog niet genoeg misschien? Zo weet 't, om nu maar lukraak iets te noemen, dat 't om lang te leven geen al te schandalige hoeveelheden vet mag vreten en dat het tevens beter is de wijn met water aan te lengen. 't Adviseert om na een zuippartij elkaar niet te bekruipen, want verschrikkelijk is het achteraf kinderen groot te moeten brengen die zijn geboren uit een misbaksel dat men zich, primo, niet helder meer herinneren kan en waarvan men zich, secundo, niet meer ontdoen kan. Maar meest van al, en het heeft halvelings wel iets met het voorgaande te maken, weet 't dat vlees de kern is van z'n wezen, de bron van elk geluk. Vlees! Vlees om te eten en vlees om te penetreren! Vergeet dat geleuter over onthouding, die concupiscentie was maar om te lachen. 't Haalt opgelucht de knopen uit z'n lul en roept om vlees. Vlees nondedju! Vlees om te bestijgen en vlees om de zweep te geven!

Desbelust berijdt 't wijven en kamelen. Het ene heeft 't overigens met het ander aangeschaft. Want vrouwen worden van hun vaders afgekocht met een kameel. Het schip van de woestijn voor het schip van de matras. Bloedschulden worden vereffend en jarenlange vetes drooggelegd na het betalen met kamelen. Schulden, bulten. Niets is 't zonder kameel en niets is 't zonder teef.

't Vlecht touwen van palmvezels om ze te besturen, de kamelen, niet de teven, en 't maakt zakken van geitenleer om ze te bepakken. En 't rijdt ermee van markt naar markt om levensnoodzakelijke overbodigheden te kopen en te verkopen. Zoals leer: lappen stinkende huid die 't wist te bedisselen van de karkassen en waarvan 't muiltjes maakt voor schone voetjes, wambuizen, perkament, flessen, gordels, tenten, ja, 't bekleedt er zelfs zijn stoelen mee.

Wil 't echter rijkdommen vergaren, dan grossiert 't in wierook en mirre, gewonnen uit de bomen: het vette schuim dat uit de boombast barst in het heetste van de zomer, en dat 't opvangt op een palmblad en papperig ziet worden. Daar houdt 't van, van die geur, en wel precies omdat 't houdt van vlees. Want is alle vlees als gras, dat is toch wat sommigen beweren, dan kruipt ooit de rot erin. 't Heeft wierook nodig voor wanneer de engerlingen uit z'n doden komen gedoken. Zowel zij die geloven in een god die profetenkindjes maakt met zijn onderbroek nog aan als zij die geloven in een god waarvoor het wijfdom pruiken draagt, gebruiken wierook als zij hun gestorvenen moeten afgeven aan de kevers en de keizers van de ondergrond. Waar staat 't met z'n kostelijke woorden over de verrijzenis als uit alle kisten de geur van openscheurende darmen en kapot gegiste ingewanden komt gestegen? Wierook wil 't hebben als 't wil ontkennen dat datgene wat wordt opgenomen in de eeuwigheid daar, eenmaal opgebaard, in alle kustmijnklotigheid ligt te muffen naar immens lopende stront. In god geloven is tenslotte iets, maar in zichzelf geloven is ten anderen ook niet niets.

Trouwens, 't hoort vertellen van alweer een nieuwe god, en ook deze zou de allerenige en allerhoogste zijn. Er doen verhalen de ronde van een profeet, ja, wéér één, doch deze keer met een geboortevlek zo groot als een duivenei op de rug: een teken van goddelijke openbaring uiteraard. Een vrouwenfanaat die zich parfumeert met muskus, aloë en kamfer. Volgens de geruchten een analfabeet die zich verzen laat influisteren door de hoogste macht: de alwetende, de eeuwiglevende, de laatste en vaneigens ook de eerste. Een profeet die als kind zijn min haar vermoeide borsten barstensvol melk liet stromen en zelfs aftandse ezelinnen en geiten ineens weer uit al hun tepels liet sproeien door louter en alleen maar zijn aanwezigheid. En deze profeet zegt zelf dat er na hem geen profeet meer komen zal. Dus daar is 't dan toch al vanaf. De ene na de andere werd tenslotte wat verwarrend.

Nieuwe goden, nieuwe gewoonten. Nu wordt 't gevraagd te bidden tot de god alsof men terzelfdertijd diens vriend, diens bediende en diens slaaf was. Hier en daar wordt er geklaagd, omdat 't daardoor moet bidden op een zodanige manier dat het achterwerk zich hoger bevindt dan het gezicht. Jakkes. Dus slingert 't baarmoeders van schapen naar de profeet z'n kop, want dat kan niet zijn, zo'n bidhouding waarvan de drek vroeg of laat wel naar je hersens lopen moet.

't Verneemt dat honden vuile beesten zijn, dat menstruerende vrouwen eveneens te vermijden zijn, dat varkensvlees smerigheid is, en dat de rechtvaardigen na hun dood in tuinen vol fruit zullen worden verenigd met schone meisjes die grote, mooie ogen hebben. 't Krijgt bij deze gelegenheid ook te slikken hoezeer het lijf van het wijf beschouwd moet worden als een akker die men dient te bemesten en te bezaaien en te oogsten, zo goed als jaar na jaar.

En 't vraagt zich af of 't nu ooit nog met elkaar aan tafel zal kunnen zitten? Of de familie ooit nog zal worden herenigd? Want de ene godsdienstige moet vasten in de ene maand en de andere moet vasten in een andere maand. Mag de ene van zijn allerenige god geen tweehoevige beesten eten, dan mag de andere zich van zijn allerenige god geen bloedworst opdienen, en nog een andere mag in het geheel geen vlees eten, en weer een andere moet zich net wél een beestje slachten om zijn dankbaarheid te tonen.

Met hoorns, met bronzen klokken, met houten ratels, met gezang en per lithofoon: elke gelovige wordt op een andere manier door zijn leiders opgeroepen tot het gebed, de strijd zal voortaan ook in decibels worden uitgestreden. Geknokt zal er hoe dan ook, de onverdraagzaamheid wordt vanuit alle hoeken uitgeroepen tot regel. Gelijk wordt nooit zomaar gehad, het wordt veroverd.

Ziet de ene god zijn onderdanen liever achterlijk en ongeschoold, dan heeft de andere god zijn onderdanen graag belezen. Aangezien de allernieuwste heilige leer woord voor woord en vers na vers in profeet nummer elfenveertig zijn oor werd gefezeld, dient 't respect te tonen voor de taal, het medium dat door de grote chef werd verkozen boven al de rest. Modes, hou ze maar bij. En daarmee leest 't nu fanatiek gedichten. Wie twee linkerhanden heeft kan op z'n minst nog met zijn liefdesversjes imponeren.

Her en der hangt 't lappen biefstuk aan een staak, en op de plaats waar zo'n biefstuk het laatst vol schimmels staat, bouwt 't een ziekenhuis. Dus daar waar met andere woorden het verderf de sterkste tegenstand blijkt te krijgen. Goed bedacht. 't Kwakt zwavel en kamfer in potjes, maakt siropen van kwik. De ene kwadratische vergelijking volgt op de andere. Geprikkeld door een nieuwe golf van leergierigheid onderzoekt 't de gevolgen van een dikke neus op een karakter, de verbanden tussen een gefronst voorhoofd en de eventuele weerzin voor gekookte kool. Alles wat kan worden aangepakt wordt ook aangepakt, ook datgene wat niet kan worden vastgepakt, zoals dromen. Ook dat domein zal 't vroeg of laat helemaal hebben uitgekamd. Wat zou 't ten andere nog energie willen steken in het dromen van al die dromen, als zij niet kunnen worden uitgelegd?

Ook zou 't minstens de dag van morgen willen opmeten nog vóór die dag daar is. De toekomst voorspellen! Nu 't er opnieuw van uitgaat dat er nog een toekomst is. En 't probeert van alles. Alweer. Louter en alleen om te zien wat het oplevert, wie niet waagt niet wint, steekt 't beenderen in een oven. Misschien valt er uit de barsten in de botten iets af te lezen over wat nog komen moet. Neen? Niks? Misschien nog eens naar de sterren kijken dan.

Maar wat een plezier om papjes te maken en daar een hele nanoen in te roeren tot er iets wonderbaarlijks uit tevoorschijn komt. Wie weet vindt 't zo nog spelenderwijs de samenstelling van goud. Want dat vindt 't eigenlijk wel het schoonste onder de zon. Goud. 't Zou er bijvoorbeeld helemaal niets mee inzitten om zichzelf de tanden uit te snokken en deze te vervangen door gouden staafjes. Heerlijk lachen moet het zijn met een muil vol blinkend bruins. 't Kookt en 't bakt, 't verdampt en sublimeert, 't halveert en 't vierendeelt, 't kristalliseert en 't vermassacreert. Met verschillende resultaten. Maar goud krijgt 't vooralsnog niet uit de ketel.

'Twijfel,' zegt daar ergens een groot lawaai: 'twijfel is de eerste stap naar kennis.'

Maar aan die uitspraak wordt wel érg getwijfeld.

Er is alleszins niet veel twijfel te merken in de manier waarop 't al die mengsels in z'n potten kapt. Een beetje houtskool, salpeter erbij, zwavel erdoor, en... patat... de pot is al kapot. Niet alleen is de pot kapot, tevens ligt het dak eraf. Eigenlijk is gewoon het hele kot ontploft. Wow! Voelt dat even goed, zeg. 't Kan dan misschien niet de eer opstrijken het goud te hebben nagemaakt, 't stoot hier wel eventjes op een samenstelling die 't in staat stelt met verve te vernietigen wat 't vernietigen wil. Buskruit. In feite nog interessanter dan goud. 't Fabriceert er brandbommen mee, 't steekt het in pijpjes van bamboe om af te schieten. Daarmee heeft 't nu ook geweren. Pief, poef, paf en gij zijt af. Haha. Wel, wel, dit zijn plezante tijden. Een kop van een romp? Geen probleem! Hopla!

God hoeft de aarde niet meer te vernietigen, zijn hulp is op dat vlak precies niet meer vandoen maar hij is bedankt voor zijn uitgestoken hand.

En om een beetje contrarie te doen plaatst 't een andere nieuwigheid tegenover dat buskruit. Iets breekbaars, voor de geinigheid. Mengseltje hier, mengseltje daar, roeren maar en klaar. En ziedaar, de blijde intrede van het porselein. Daar maakt 't beeldjes mee van kussende herders en herderinnetjes. Hoe schattig! Niet laten vallen alstublieft!

Als 't niet oppast gaat de labbekakkerij der soort weer de gekende proporties aannemen. Porselein... Belachelijk, gewoon! En het is niet alleen dat porselein waar iets op aan te merken valt. Kijk maar eens goed rond. Een periode van ijdelheid en dwaasheid is op slinkse wijze ingetreden; een tijd die wordt opgevuld met schaken en dobbelen, het zingen van schunnige liedjes, jongleren, mimespel en vele andere tot cultuur gebombardeerde leegheden van de werkschuwe. Achter gesloten deuren in fel bepiste stegen worden zelfs penitenties ingezet tijdens het spel.

'Wedden voor tien gebeden dat ge met geen enkele teerling een oneven getal gooit?'

'Iemand goesting in een rondje sjoelbakken? De verliezer betaalt een vat en vertrekt daarna meteen op bedevaart!'

Met al die viezevazerijen! Waar gaat dat naartoe, waar gaat dat naartoe? Wat zeggen de wikwijven, de handpalmlezers, de wichelaars, de kaartenleggers?

’t Kan weliswaar een kleine spanne tijds zonder smeerlapperij (dat moet toch ook eens gezegd kunnen worden; het is niet alle dagen van je hela hola varkenskop) maar als ’t zijn kans ziet het ongeluk te verspreiden, dan heeft ’t het uiteraard best moeilijk die te laten liggen. En die kans, ze is er, men kan er moeilijk nevens zien, zij wordt als het ware op een gouden dienblad aangebracht. Immers dreigt de navel van de wereld, zijnde de plaats waar de vleesgeworden god-van-de-ene voor het eerst van zich liet horen, te worden opgeeist door volgelingen van, jawel, de-god-van-de-andere. De plaats waar profeet De Zoveelste op een rots zonder mechanische foefjes ten hemel werd opgenomen. Daar dus. Dat is met andere woorden miserie afsmeken.

In plaats van een keuterboertje te onderdrukken, een tewerkgesteld weeskind onder de knoet te houden, de luiheid te laten zegevieren, de weduwen te bezoedelen en de verveling met plundertochten te verdrijven, zou ’t beter z’n krachten stoppen in een heilig oorlogje of twee. Of drie. Of vier. Of meer. Wint ’t zo’n oorlogje, dan is het goed. Sterft ’t tijdens zo’n oorlogje, dan is het geen drama. Het loodje leggen voor het geloof is namelijk het hoogste goed. En de bevolkingsteller, ding dong, ding dong, is ondertussen toch ook al de kaap van de vierhonderd miljoen gepasseerd. Eén meer of één minder. Waar wacht ’t op?

Ingerukt voor de lange mars der simpelen! Gordt u aan, gordt u aan! Op naar het navelputje van de wereld, de middenstip der aarde! De plaats die door één van de vele allerenige profeten beroemd werd gemaakt, de plaats die door hem werd verfraaid, die werd gewijd door zijn lijden en die hij door zijn halfslachtige dood heeft verlost van iets onbevattelijks waarover 't verder ook niet moeilijk wil doen. Als het onbevattelijk is, wel, dan is het onbevattelijk en moet 't daar voorts niet over zeuren. 't Moet niet altijd voor alles meteen een verklaring hebben klaarliggen. Doe aan die wandelsandalen! Voorwaarts! Mars!

Ach, waarom ook niet? 't Is er eens mee buiten. Andere lucht, andere gedachten. Is 't zijn wijf moe dan is dit een edele gelegenheid om zich van haar te ontdoen zonder al te veel heibel. Trouwens, onder elkaar gezegd en gezwegen: wat valt er nog te rapen in dit bestaan? Hé? Wees eens eerlijk; de oogsten deugen niet, de droogte dreigt voor het zoveelste jaar op rij, en door het bakken van bedorven rogge stijgt het aantal geesteszieken met de dag. Dat is niet goed voor de hersentjes, bedorven rogge. Maar, tja, als 't niets anders heeft? Dan is het kiezen tussen bedorven rogge of geen rogge. Tussen geestesziek of stekezot.

Hoe zit dat met die mars der simpelen? Heeft niemand die dan al op gang getrokken? Heeft 't dan nog niet gehoord soms hoezeer de aanbidders van De Verkeerde de altaren in de huizen van De Juiste verwoesten? Hoe er naar hartelust wordt besneden en het bloed van deze besnijdenissen wordt vergoten boven gebedstafels en in bekkens van doopvonten? 't Zou op z'n minst nota mogen nemen van de vele verhalen die de ronde doen; over darmen van gelovigen die er langs de mondholte worden uitgetrokken, over ingewanden die over de grond slepen en blijven hangen aan haken en andere oneffenheden. Verhalen over, vanzelfsprekend, verkrachte teven en wreedaardig gemartelde onschuldigen. Weg! 't Moet weg! De baan op! Om de strijd tegen de vervloekten aan te binden!

En 't wil ook de baan op, o ja. De gewoneling om voor één keer een ongewoneling te mogen zijn, de overspeligen om bij de geheime geliefde te kunnen zijn, de moordenaars om te worden vergeven door paus en pseudopaus, de rovers om te roven, de horigen en de lijfeigenen om op te klimmen op de sociale ladder, de ridders omdat het spelen van triktrak is gaan vervelen, de avonturiers om te avonturieren, de onderkruipers om koning te worden en de laatsten allemaal om allereerste te worden, de uitslovers.

Ezels worden beladen, thuisblijvers uitgewuifd, bezittingen in pand gegeven aan de zich in hun handen wrijvende gezaghebbers van de godsdienst. Dan trekt de stoet zich op gang met als nobel doel: het veroveren van een schaafkrul uit het hout waaraan de aanbeden profeet werd vast getimmerd, zaagsel van de bomen waaruit de ware crucifix werd gesneden, de beker waaruit het idool een duim wijn gedronken heeft op de avond van zijn achttiende verjaardag. Andere motieven: het verzamelen van botsplinters van heiligen, het kipkappen van ledematen van deze heiligen teneinde de brokstukken te verspreiden over verschillende kathedralen, het vinden van een korreltje as van een gecremeerde grootheid van het geloof, het op de kop tikken van een plank uit de kribbe waarin de profeet zijn eerste plasje deed en zijn eerste scheetje scheet, en andere varianten op steeds hetzelfde. Relikwieën waarrond later een lucratief toerisme kan worden gebouwd. Een vingernagel in een doosje hier, een snottebel in een vitrinekastje daar, een heilig-bloedkapelletje ginds.

Twee muntstukken om het neushaar van de apostel te kussen en het geluk is aan uw zijde. Een lichte aanraking en de bedprestaties verhogen, zienderogen.

De eerste meters legt 't af, lopend achter een gans die van kop tot zwemvlies is doorweekt van de heilige geest. Samen onderweg. Halleluja. Zo gaat 't goed. Zo gaat 't beter. Alweer een kilometer.

En voor 't er erg in heeft komt 't al een eerste gemeenschap schoften tegen, ondersoort, te zeggen: zij die met een menora hun huizen en harten verlichten om hún god te gedenken.

't Slaat erop. 't Kruipt erop. 't Steekt hun woonsten in de fik. Het hele standaardpakket.

Verschillende contingenten marcheerders wedijveren met elkaar wat betreft de grootste vunzigheid.

God wil het, hem kan je niets weigeren. Brandschattend en plunderend steekt 't rivieren over waarvan 't bron noch monding kent. Zie dat lopen! Vijfentwintigduizend in getal, zotgemaakt en opgefokt door predikheren. 't Trekt door gebieden waarvoor 't eigenlijk postkaarten zou moeten uitvinden, zodat de thuisblijvers kunnen geloven hoe wreed het landschap, hoe anders de horizon, hoe grijzer het grijs. Dagen achtereen strompelt 't door dorre velden en valleien bewoond door achterlijke xenofoben die 't geen korrel graan wil verkopen, geen gids wil leveren, neen, zelfs de weg niet wil wijzen. De vogels vliegen er nooit over maar steeds omheen, zo somber is het ginds. Heeft 't dorst, dan moet 't zijn hemd enige uren laten weken in de beerputten, daarna ophalen, en uitwringen boven z'n mond. 't Tapt bloed af van z'n ezels en z'n paarden en 't zou haast de rochels uit elkanders keelhol zuigen om toch maar op z'n minst te dóén alsof 't drinkt.

De weg leidt over steppes waaraan geen einde komt. En komt er dan toch eens een eind aan die eindeloze steppes, dan wacht 't eindeloze dennenbossen, donker en vochtig en slecht voor het gemoed.

Lang geleden dat er nog iemand een mop heeft verteld.

Vulkanen, bergen, zandvlakten... het ene onbekende lost het andere ontoegankelijke af. Och, was 't maar bij moeder thuisgebleven, zo denkt 't soms.

Paarden en ossen glijden uit op de smalle, modderige rotspaden en storten met huisraad en wapentuig en al de diepte in. 't Is nu zijn eigen muildier; 't heeft ocharme alles zelf te dragen. Áls 't nog iets te dragen heeft.

Honger. Weeral. Olé. Zijn poten liggen open wegens de stekelige planten die 't uit de grond moet trekken, om op te sabbelen, toch iets van voedingswaarde uit dat beetje groensel te zuigen. Dat heeft 't vroeger ook nog gedaan, weet 't dat eigenlijk zelf nog wel? 't Zoog op zeggewortels toen. Maar 't is er op vooruitgegaan, dat is het minste wat kan worden gezegd; waar 't kan kookt 't vandaag boomschors om overeind te blijven. De laatste paarden van de karavaan worden aan kotelet gesneden en verdeeld, de bilkwabben der gestorvenen geroosterd.

Het gaat eigenlijk niet al te goed. En neen, het gaat helemaal niet beter. Maar toch, allez kom, alweer een kilometer.

De basso continuo die zweeft boven de hoofden van de meute is meer noch minder dan gemor. 't Raakt gedemoraliseerd, 't zou van minder, en wacht op een teken, een gunstige wind, een subtiele hint van god. De gedachte aan dit alles is nog niet helemaal afgekoeld of, kijk!, kijk dan toch verdomme!, 't ziet een komeet met een staart in de vorm van een ridderzwaard. Duidelijk. Gevolgd door een regen van meteoren, een maansverduistering, het noorderlicht en een bliksemschicht in een zowel artistiek als religieus verantwoorde vormgeving. Misschien is elk van deze verschijnselen afzonderlijk te zwak als bovenaardse aanmoediging, maar een goddelijk teken in zijn geheel vormen zij zeker. En voor de sceptici, ze zijn onuitroeibaar: de vierhonderd ongelukkigen die tijdens het oversteken van een rivier ongelukkiglijk verdronken zijn weer boven komen drijven, met elk het aangezicht van god in hun buikvlees gerot. Op hun gezichten groeien champignons die lijken op de moeder van god. Sprekend. Als dát geen duidelijke aanwijzing is, dan leggen de hanen eieren!

Aangespoord door deze berichtgeving van Het Hogere duiken de teven opnieuw geestdriftig de kampbordelen in, om de pelgrims op te beuren, de gedachte aan hun kapotte voetzolen even weg te nemen. Troostmeisjes. Voor gods heil neukende nonnen. Schoon zijn die momenten van zelfopoffering. Het gaat dan toch weer goed. Het gaat zelfs stukken beter. Alweer tien centimeter.

Bidden wij het anilingus!

Gods elitesletten kunnen hun arbeidsongevallen er desgewenst uitpersen in de pelgrimshospitalen die her en der op weg naar de wereldnavel zijn rechtgezet, en waarin aparte afdelingen verloskunde zijn ondergebracht. Van logistiek gesproken. Het eten is er voortreffelijk: witbrood, tarwekoeken, schapenvlees, varkensvlees, patrijzen, kastanjes, komkommers, meloenen, postelein, noem maar op. Lang niet slecht na een dieet van beerputvocht. De handen wast het ziekenhuispersoneel niet, daarvan moet het nut nog worden ontdekt. Maar elke dag worden de kamers er wel met wijwater gezegend, voor de spirituele hygiëne. Ten bate van de meest uitgemergelde en vermoeide kamphoeren staan er zoogsters ter beschikking, met tieten als basilieken. Priesters staan paraat om gebeden te prevelen in geval de patiënte zou leegbloeden. Het gebouw heeft daarnaast ook nog betaalde assistenten in dienst om bedden op te maken, polsen te bevoelen, billen te verschonen, pispotten uit te gieten, moederkoeken naar de beestenstallen te dragen en miskramen te begraven. Barbiers knippen twee keer per week de kopjes proper, een pedicure wast er de voeten van de kersverse moeders met warm water en haalt hun eeltplekken met een puimsteen los. Er zijn sandalen voorhanden en badmantels ter beschikking voor iedereen die vooraf z'n zonden heeft opgebiecht. Kinderen geboren uit een labiele of onwillige moeder worden toevertrouwd aan de adoptiedienst van het hospitaal en zien zich gegarandeerd van een toekomst vol godsdienstige opvoeding. De poveren die zelf hun baby willen houden, kunnen rekenen op een aalmoes en een mand met kleren. Alleen melaatsen moet 't in die hospitalen niet hebben. Die zondige schurfthonden met hun te pas en te onpas afvallende vingers ook altijd! Ze ruiken zo helemaal naar mond en hond, hun stompjes elleboog trekken de aandacht en de vliegen aan. Waarschijnlijk is hun ziekte toch een straf van god. Wie melaats is heeft dat vast wel ergens aan verdiend. Crapuul dat zichzelf ten onder hoort te krabben van de jeuk.

Bon. Iemand een idee hoe 't moet lopen? Met al dat getater hier. Is het naar links of naar rechts? Of naar nog ergens anders?

En er staat er eentje op. Eentje met verantwoordelijkheidsgevoel. Eentje die het allemaal weet, er is altijd wel zo'n type in de buurt. Doch deze weet het allemaal, simpelweg omdat de beschrijving van de te volgen weg hem zopas in een visioen werd geopenbaard. En het visioen zei: 'Rechtdoor en de vierde naar links.'

Voilà.

't Kijkt de visionair ongelovig aan en besluit onder het motto 'eerst zien en dan geloven' de man te onderwerpen aan een godsoordeel. Bewijzen dat hij wel degelijk de gunsteling is van de Opperste. Dat moet simpel te bewijzen zijn. Bijvoorbeeld door de visionair op zijn gemak te laten wandelen door een tunnel van brandende olijftakken. Twee stapels kurkdroog hout, meer dan een meter hoog en vier meter lang, en daar hevig de fik in. Oogappels van god overleven dat, toch? Verschroeid en stinkend naar aangebakken varkenslende komt de ziener uit zijn godsoordeel gestrompeld, zegt: 'Ge raadt nooit wie daarbinnen in die vlammenzee was te zien? God in eigen persoon! Echt waar! Echtig echt!' en valt vervolgens ter plekke zachtgekookt doch zielsgelukkig dood.

Haha.

Het oordeel is geveld, de ramkoers zet verder, rechtdoor en de vierde naar rechts. Een magere, barrevoetse meute, uitgedund, dom trompetterend over berg en dal. 't Timmert stormtorens in elkaar en beukt met boomstammen heidense stadsmuren in. De vijand probeert de schokken te absorberen met balen stro maar deze worden meteen in brand gestoken. Er wordt ogenblikkelijk gereageerd met potten klevend vuur, een afgrijselijk mengsel van zwavel en hars. De katapulten slingeren afgehakte hoofden over de muren, lijken worden als marionetten opgetrokken aan kabels en op staken gezet. 't Trekt langs burchten met ophaalbruggen en valhekken, oninneembare mastodonten die dankzij de opslagplaatsen in hun onderaardse gewelven een beleg van meerdere jaartallen kunnen doorstaan. En toch. Toch doet 't een poging. Omdat god het wil.

En zo komt 't op een dag daadwerkelijk aan in wat de kaarten omschrijven als zijnde de navel van de wereld. 't Schouwt de rangen en 't telt wat er van de hele hoop nog overblijft en komt niet verder dan driehonderd pelgrims. 't Zal zich wel ergens misteld hebben. Nog eens! En wéér komt 't uit op driehonderd. De rest is opgegeten, verbrand, verkocht op een slavenmarkt, gestorven aan ziekte en ontbering, teruggekeerd wegens heimwee en schrik en ongeloof. Er zijn er die onderweg verliefd zijn geworden op een lokale grapjas, nonnen hebben hun habijten uitgetrokken en zich geestdriftig op het liefdesleven met een anderskleurige landbouwer gesmeten. Bidden wij het cunnilingus! Er zijn er die in al hun enthousiasme het leven lieten door de onverwachte kennismaking met de hasjiesj die hun beviel. Feit is: met duizenden is 't vertrokken, en daarvan staan er nu nog driehonderd overeind, strijdvaardig als bijna altijd. En deze driehonderd zeggen ongegeneerd: 'Dat lapje grond hier is van ons en onze god!'

't Raapt iets op, een aandenken, een haarlok van de een of de ander. Goed om straks zeer duur te verkopen als het okselhaar van een apostel. Opdracht volbracht. En 't maakt zich klaar om de lange weg naar huis aan te vatten. Iedereen de broek opgetrokken en weergekeerd! Achterwaarts! Mars!

Eén. Twee. Drie. Vier. Vijf. Zes. Zeven.

Zo gaat het goed.

Zo gaat het beter.

Alweer een kilometer.

De meute, kleiner in getal maar nog altijd barrevoets, heeft minder veroverd dan zij in gedachten had. Morgen is er ook nog. Deze dag is nog niet heel te gans verstreken of 't droomt al van de volgende. Een schonere dag, waarop 't de lucht zal hebben veroverd zoals 't vandaag nog niet eens de aarde heeft veroverd. Met machinale vogels, engelen van ijzer die de door de natuur gevleugelden naar het leven staan. 't Zal de zeeen en hun bodems beheersen en naar de kaalte schrepelen, zich kunnen voortbewegen zo snel als 't wil, waar 't wil, met hoeveel 't wil, en dat allemaal zonder moe te worden. Zelfs geen poot zal 't hoeven op te heffen. Allez, een centimetertje hoop en al misschien. Voor de vorm. Als kleine stretchoefening. Morgen.

't Wordt ongeduldig. Hoe laat is het eigenlijk?

Maar deze keer breng je 't niet in verlegenheid met die vraag. 't Heeft zich namelijk alweer eens laten meeslepen door z'n eigen talent en iets waarlijk wonderbaarlijks in elkaar geflanst. Iets. Een op en neer lopende gekartelde balk met gewichtjes aan. Deze gewichtjes zorgen voor beweging, drijven een mechanisme aan. Twee lepeltjes grijpen in de tanden van een tandwiel, om de beweging in toom te houden, anders gaat het te vlug. Meer is het niet. Maar geniaal natuurlijk, als zovele zaken die een bedrieglijke eenvoud uitstralen. Gedaan met zich te bedienen van de astrolabe en de waterklok, gedaan met de kaarsenklok en de zonnewijzer. Gedaan met de uren af te meten aan het gerommel in de maag. De zandloper gooit 't nog niet weg, die kan nog altijd worden gebruikt voor gezelschapsspelletjes. Maar voor het overige beschikt 't over een degelijk instrument om de tijd te meten, waarom niet eenvoudig 'uurwerk' geheten?

Het instrument degelijk? Viel hier werkelijk het woord 'degelijk'? Nu ja, iedere acht uur moet er iemand een paar honderd trappen op om het balanswiel weer op te winden, dat is waar. Maar 't heeft toch maar mooi een uurwerk uitgevonden, dat kunnen de kakkerlakken niet beweren. 't Windt een klok op zodat 't weet wanneer het precies acht uur later is en 't een andere klok moet opwinden die 't gebruikt om acht uur nadien de eerst opgewonden klok weer op te winden. Is het mechaniekje smerig of gaat de roest ermee aan de rammel, dan duren de uren langer dan voorzien. Uurlengtes worden sowieso aangepast aan het daglicht zodat het, ongeacht het seizoen, altijd licht mag zijn om half zes 's avonds. Dit is logica: de zonnewijzer heeft 't afgeschaft om een klok te introduceren die zich gedraagt naar de stand van de zon. De eenparig rondlopende zon. Valt het zonlicht op een koperen meridiaan, dan is het middag en worden alle klokken op het middaguur gezet. En dit is vooruitgang: een perfect lopende klok, zo één waarbij een seconde tot op de seconde precies een seconde duurt, wordt opzettelijk foutief afgesteld om de tijd op een correcte manier verkeerd te kunnen houden. En dat allemaal omdat de zon zich weigert aan te passen aan de klok. Stoute zon. Maar wat een uitvinding!

De stalknechten, de belastinggaarders, de vollers, de brouwers, de koeriers, de bontwerkers, de geldwisselaars, de timmermannen, de ploegers, de kantwerkers, de kruiers, de kamerdienaren, de ezeldrijvers, de wevers, de ververs, de penningmeesters, de bakkers, de molenaars, de schoenmakers, de grafdelvers, de goudsmeden, de wapensmeden, de valkeniers, de borduursters, de koks, de jachtmeesters, de wasvrouwen, de kleermakers, de slagers, de kuipers, de leerlooiers, de kaarsengieters, de kapelaans, de spinners, de ketellappers, de messenslijpers, de vatenmakers, de wolkaarders, de beulen... die kunnen nu dagelijks op hetzelfde tijdstip beginnen te werken. Geen minuut vroeger, en al helemaal geen minuut later. Voortaan zal de tien minuten durende rustpauze van de dagloner geen vijftien minuten duren. Het opeten van een boterham kan gechronometreerd worden. Wat jammer eigenlijk dat ploegossen en muilezels de klok niet kunnen lezen!

't Zou nog een vogeltje aan z'n uitvinding willen binden, een gevederd poppetje dat ieder kwartier uit het uurwerk komt gefladderd en 'koekoek' roept, zomaar, voor de geinigheid. Maar dat technologische hoogstandje zal voor morgen zijn. Alweer iets voor morgen, het zal nog druk worden. Maar goed, 't heeft een uurwerk en dat is het enige wat voorlopig moet worden onthouden.

't Kan nu eindelijk zijn gebeden op tijd naar de hemel prevelen. De novenen worden gelispeld om negen uur. Stipt. Want om vijf na negen luistert de god niet meer, die heeft geen tijd te verkwanselen. Aldus: novenen te negenen, om middernacht het bed uit voor de metten en om te pissen in een emmer, nogmaals metten om zes uur 's ochtends, vespers twaalf afgelijnde uren later en completen nog even voor het slapengaan. Een angelusje in de nanoen en, facultatief, paternosters zoveel 't wil tussendoor. Maar als 't gods spreekuur wenst te respecteren kan 't maar beter leren om de klok te lezen.

Zou 't nu niet meteen verliefd worden op zichzelf, geniaal als 't is? Natuurlijk wel! Daarom produceert 't dan ook massaal spiegels tegenwoordig. Goeie spiegels, eerste keus. Sedert 't weet dat de hoek van de inval gelijk is aan de hoek van de weerkaatsing kan het geen probleem meer betekenen om een zo min mogelijk vervormende spiegel te vervaardigen. 't Vond zichzelf weliswaar reeds adorabel indien gereflecteerd door een vijveroppervlak. Of in de ogen van een ander. Maar iets werd altijd toch wel van die perfectie afgeknabbeld. Eindelijk kan 't zichzelf aanschouwen en bewonderen zoals 't aanschouwd en bewonderd wordt door derden. Het prachtige wezen! Het plezier van de schepper! Orgelpunt van alles wat kruipt en asemt en stinkt! Kijk toch, die neus, die tanden, die ogen, die oren, hoe prachtig allemaal! Het ontwerp van de meester, zijn magnum opus in het kwadraat. Uren kan 't zichzelf staan bekijken voor die spiegel, bloot zowel als aangekleed. Nu eens met een kaproen op de kop, dan weer paraderend voor z'n eigen spiegelbeeld met een haarnetje, een mantelspeld en een paar tripklompen. Ware het niet dat het nogal moeilijk zou verteren, 't had zichzelf al opgegeten. Zo'n lekker stuk. Alleen een beetje mager in de smoel, die nuance moet er toch aan worden toegevoegd. Jukbeenderen met wat vel er losjes overgesmeten, nu 't zichzelf zo een tweede keer, en beter, bekijkt. Het skelet kan niet wachten om zich aan de wereld te ontbloten.

Niet te verbazen; het orgelpunt van de schepping heeft honger. Hoort ge? Honger! De prijs voor een bekertje tarwe is namelijk verviervoudigd in korte tijd. Nogmaals. 't Leeft dan maar noodgedwongen op een rantsoen van ui en fruit en brood. Flatulogeen, dat is zeker.

Aan de andere kant van de kloof tussen rijk en arm schranst 't speenvarkens die zijn volgepropt met krabbetjes, kalveren opgevuld met forellen, kwartels en patrijzen, ingelegde ossentongen, wrongel met wei en suiker, pauwen met kool, geroosterde geiten en gelatine met lamprei. 't Braadt zwanen en zet ze met de poten verguld op tafel, in een geënsceneerd landschapje van gesponnen suiker en gekleurd gebak. Het oog eet namelijk ook mee. Mocht 't nadien nog honger hebben, men weet nooit: er zijn nog enige kroketjes van rundermerg over van gisteren, witte prei met pluvier, gefileerde aal, geroosterde niertjes, lichtjes pikante rijst, gebakken boontjes en leeuwerikspastei.

'Nog iemand een stukje reiger met vruchtenwafel? Je gaat je toch niet laten kennen?'

Enkelingen slagen er niet meer in hun eigen fluit te zien: zó dik effenaf; de buik, niet de fluit. Doch ook daar toont het bestaan van spiegels zijn absolute nut.

Is 't arm, en dat is 't eigenlijk meestal, dan krijgt 't misschien geen beter leven van al die gebeden, maar een betere dood zal 't er wel aan overhouden. Want de demiurg is goed en barmhartig voor de kleintjes. Er zijn er nochtans die van 's morgens tot 's avonds dapper in hun blote lopen, op straat zowel als thuis, gewoon om gods incompetentie aan te tonen en zwart op wit te bewijzen dat geen toorn hen treft. Maar dat zijn zieken die vogelen met demonen, de duivel afzuigen na twaalf uren 's nachts. En dat is dan nog niets. 't Heeft zowaar kennis genomen van het opzienbarende feit dat dergelijke kwasten hun broek laten zakken om zwarte katten te bekruipen. Witte willen ze niet. Ze hebben sodomie met zwaargeschapen dieren, copuleren met schepselen die ruiken naar zwavel en die op gespleten hoeven de vele donkerten van de nacht in gaan. Daar zijn bewijzen van!

'tPakt verdachten vast en draait hen op een rad, 't steekt hun de ogen uit en 't snijdt de neus van hun gezicht. 't Duwt kletsnatte vodden tot diep in het keelgat van de verdachte, giet een zulkdanige hoeveelheid water met een trechter rechtstreeks in de slokdarm dat de bloedvaten ervan knappen. Best spectaculair. Al wat los hangt aan het lijf kan worden afgehakt. Met spijkers en sporen en doornen en speren vat 't zijn zoektocht naar de waarheid aan. Met katrollen trekt 't kloten op. 't Slaat met geknoopte koorden op gevoelige plaatsen, 't verbrandt, en 't vierendeelt wat niet in vijven kan worden gedeeld. 't Laat katten hun klauwen in ruggen en wangen planten. Nog? Er is genoeg vertier voor iedereen. In het sadistisch universum worden tepels afgebeten, botten gebroken, tanden getrokken, duimschroeven aangelegd en zware gewichten aan broze gewrichten gehangen. Uiteraard zonder voorafgaande verdoving zoals opium en bilzekruid. Anders zou 't nooit tot waarachtige bekentenissen kunnen komen: 'Ja, wij hebben een succubus gevingerd in zijn vetste gat, ja wij hebben Satan bewusteloos gepijpt.'

Alle mannen boven de veertien en alle vrouwen boven de twaalf wordt vriendelijk verzocht zich geheel uit eigen beweging aan te geven bij de bevoegde instanties indien zij tekenen van duivelse verdorvenheid menen te herkennen bij zichzelf.

Pietje trek, krak die nek.

Aan de voet van de galgenberg slijpen de hongerigen hun vorken. Het oude verhaal. Ze zijn gehaast, want wie belang hecht aan de appetijt snijdt een dode aan stukken nog vóór het eerste lijkvocht een vuile plas op het ribstuk legt.

Het onvolkomen bestaan dient in opperste devotie te worden uitgezeten om te mogen rekenen op een deftige stek in het hiernamaals. Juist daarom stopt 't kiezelsteentjes in de schoenen, om ongemakkelijk te lopen. Draagt 't hemden van ruw en onaangenaam paardenhaar, bindt 't zijn kleren zo strak aan dat de knopen diep in het vel worden gedrukt, slaapt 't op de grond en is 't vriendelijk tegen zijn vlooien. Gezien de laatsten de eersten zullen zijn kan 't maar beter van de eerste keer de allerlaatste en de allerminste zijn. Wees gegroet, o maagdelijke oppermoeder.

Bidden moet 't. Bidden en wroeten. En op blote knieën smeken om vergeving aller zonden, want 't doet zoveel waardoor 't nog voor geen seconde het paradijs in raakt. De wenkbrauwen epileren? Zonde! De haarlijn een eind verleggen om er beter uit te zien? Zonde! Kalfsmedaillon op vrijdag? Nageslacht fokken op een feestdag? Polyfoon zingen? Penetratie in ongepaste openingen of ongepaste houdingen? Spelen met eigen sponning? Als vrouw gods bevel negeren om in volstrekte onderdanigheid aan de man door het bestaan te gaan? Zonden! Stuk voor stuk afgrijselijke zonden waarvoor 't het te gepasten tijde nog zal uitschreeuwen van de zeer. Tenzij 't geld heeft.

Tijd is geld en veel geld is de eeuwigheid. Mits het betalen van een sympathiek bedragje aan de paus wordt 't dispensatie verleend: vergeving van de zonden nog vóór ze zijn begaan. Wil 't met een bloedverwant het bed in duiken voor een gymnastische onderons, dan trekt 't met de geldsok naar de biechtstoel voor het verkrijgen van een vrijgeleide. Heeft 't een moord op z'n geweten, dan koopt 't zichzelf een plaatsje in het hiernamaals, de onuitwisbare glorie van het koninkrijk der hemelen, weldra beursgenoteerd. Is 't zwanger dan kan 't betalen om de klokken te laten luiden tijdens de bevalling; zo'n bimbambom op de achtergrond perst iets makkelijker en reduceert de kansen op een kraambeddood.

Gods bankiers drijven nog een metertje spit door een malsig everzwijn.

'Rode wijn? Of liever wit?'

Waarlijk alles heeft 't over voor een hotelkamer met balkon in het koninkrijk der hemelen. 't Verzamelt zich massaal rond eentje die uit de dood is opgestaan als was hij opgestaan uit een zaterdagse kattenslaap, echt waar, en die zich vlijmscherp herinnert hoe de landerijen er aan de andere kant van het bestaan bij liggen. In het Land Van Subiet. Een oosten van hagelballen en sneeuwstormen en een westen van onuitblusbare vlammen. Dampen van ondraaglijke stanken, duisternis die de plaats ruimt voor verblindend licht. Gejank en geklaag in smeulende schachten. Hete tangen die van alle kanten opdoemen om te pietsen en te knijpen. Dit is de plaats waar 't belandt als 't het opbiechten van zijn wandaden heeft uitgesteld tot op het laatst, tot op het sterfbed meer bepaald. Echt waar, er zijn ook hier bewijzen van!

Voor veel minder reeds werd er een ferme schrik gepakt. 't Moet iets bedenken om op een goed blaadje bij z'n god te staan. De energiekste talenten en de beste reputaties worden opgetrommeld, rotsblokken worden uit hun berg gerukt en over de rivieren getransporteerd. 't Foefelt kranen in elkaar en plaatst ze op de loskaden, 't slijpt stenen en 't mengt cement. Dikker en langer maakt 't de zuilen in de gebedshuizen, het beitelwerk subtieler, de koordoorgangen chiquer. Vierdelige kruisgewelven worden verbeterd met ribben en sluitstenen, 't maakt de armen van de transepten sterk genoeg om de dwazen nog méér te verdwazen, plafonds worden gewelfd en bewerkt in tufsteen. Een triforium zowel in het schip als in de zijbeuk. Gebrandschilderde roosvensters. O, de mooie komst van het vensterglas, honderdduizenden vogels vliegen er zich jaarlijks tegen te pletter. Nog een schoorgewelf waar er nog plaats voor is. En betere miswijn in kostelijker kelken. Zo hoort het, de luxe moet van de religie af druipen, de eredienst dient te baden in een uitspatting van praal. Als zelfs het bloed van geiten wordt opgevangen in gouden schalen met daaraan gouden vaten die met gouden vijzels zijn bevestigd, waarom zou 't dan niet uit gouden en met edelstenen bezette bekers wijn zuipen ter herinnering aan het bloed van de profeet. Het is het respect dat hier de decadentie baart. Wat voor manieren zouden het zijn god te eren met kartonnen bekers en papieren borden?

En om zich nog een beetje extra in de gunst te slijmen warmt 't ondertussen zacht de aarde op met de lijven der dwalenden, opgespoord en opgestookt door de inquisiteurs van de ketterse verdorvenheid. Maar dan grondiger dan voorheen. Het moet, het moet, de kinderen van de duisternis horen te worden ontmaskerd en als een behendig verloskundige zal 't deze kronkelende slangen uit de poel des verderfs en de afgrond der dwalingen verdelgen. Het lyrische staat alleszins aan de kant van het grote gelijk, dat mag best duidelijk zijn.

Zij die beweren dat de schepping van alle zichtbare en stoffelijke dingen niet het werk van god kan zijn: op de brandstapel! Zij die beweren dat de bureaucratie van het geloof de moeder van alle hoererij is, een slet en des duivels: het vuur erin! Zij die de toekomstige verrijzenis in het Land Van Subiet loochenen: aanbraden! De vegetariërs: in de fik! Wie nog geen konijn doodt uit principe: geef maar aan de vlammen! Hetzelfde lot staat de stumpers te wachten die de geloofsregels in begrijpelijke volkstaal lezen, diegenen die de weelde van de prelaten en de geestelijken hekelen. 't Geeft de doodstraf aan wie tegen de doodstraf is. Kurkdroog stro aan de voeten van hen die ieder goddelijk wonder in twijfel trekken, die vinden dat hartstocht maar beter stante pede kan worden bevredigd, dat het ook heerlijk is om vóór het huwelijk in bekoring te worden geleid, alleszins duizend malen beter dan van begeerte helemaal kapot te gaan. De oven is heet gestookt voor wie dubbelzinnige antwoorden geeft, alsook voor wie de immense uitgaven voor de gebedshuizen in vraag stelt aangezien een oprecht gebed bijvoorbeeld evengoed in een ondergescheten beestenstal zou kunnen worden opgezegd. Een pijnlijke dood schrijft 't voor aan allen die beweren dat god niet in privébezit geïnteresseerd is, aan hen die met een geheim recept van nagels en kontharen de onvruchtbaren vruchtbaar maken. De hele perfide kliek van vreemden dient te worden opgebrand, levend welteverstaan, en zondaars die zijn gestorven zonder te hebben geboet horen weer uit hun graf te worden gegraven, opdat hun botten nog kunnen worden fijngestampt en vernederd en beschimpt.

Tja, de hemel is nu eenmaal de troon van god en de aarde is de voetbank zijner voeten. Het is op die voetbank dat 't de boeiende weg van de beschaving is ingeslagen. Voor wie het nog niet had willen zien.

De tijd is rijp en hij zal snel weer rotten, maar twee wezens hebben gezien dat het met de planeet de verkeerde kant op gaat. Deze twee wezens, en zij worden zo dadelijk aan u voorgesteld, vinden dat de heerschappij van dat ene monster nu al lang genoeg heeft geduurd en slaan de handen in elkaar om de macht te grijpen. Twee venijnige splijtschimmels, een bacterietje en een onnozele bacil, etters van 3 minimicrodinges groot die zich om de 30 minuten delen in vele andere etters van 3 minimicrodinges groot: Koning Anthrax en zijn kompaan Pestis Pestis, onooglijken die zich met zweepharen verplaatsen ter land, ter zee en in de lucht, klaar voor de ultieme dramaturgie van een smeerlapperij, de coup der coups: de definitieve vernietiging van de huidige wereldheerser en het installeren van de baronie der builenpest.

Aanvankelijk is 't zich van geen gevaar bewust en onraad ruikt 't niet. 't Maakt zich nog theatraal druk om de kriebelziekte en eczema. Pantomimes maakt 't van reuma, boerenbelroos of de vallende ziekte. 't Kapt een eindje bos omdat 't zich zo rap als tellen weer eens in aantallen verdubbeld heeft en 't bouwland voor z'n kinders wil. Stilaan raakt alles volgebouwd en voor het eerst krijgt 't in de mot dat er misschien spoedig niets meer te ontginnen zal vallen, dat de voorraden van de wereld kunnen worden uitgeput. 't Jankt zich een oog uit omdat 't zijn bestand everzwijnen en fazanten en herten ziet slinken tot een hongermaal. Dus drijft 't met de moed der wanhoop en de daadkracht van een lege maag zijn veestapels op een hoopje. Steeds krapper komen de koeien en de schapen te zitten, en dat is voor de anthrax ideaal. Het venijn heeft alles mee om zich sneller en heviger te kunnen verspreiden.

Zoals gezegd: 't weet nog van niks en onraad ruikt 't niet. Terwijl 't besmet vlees naar binnen speelt laat de pest zich via knaagdieren en katten vervoeren. De bacillen kruipen in balen stof en reizen per rat de handelsroutes en per eekhoorn de fel uitgedunde wouden af. Het is nu enkel nog wachten op een zachte winter voor hen om toe te slaan.

Wablieft? Is 's avonds laat de spin ter been, regendroppels zo meteen? En dat het eigenlijk wel een zachte winter ís? Ah bon.

De putsch kan gaan beginnen, de eerste vlooien van deze zoönitische oorlog brengen hun gemene beten toe. En het is bingo, almeteen.

’t Hoest en ’t rochelt en ’t kucht. ’t Heeft stramme spieren en klieren die zich alleen nog werpen op de productie van zweet. Koortszweet. Dik als opgespoten kloten treft ’t bulten in z’n lies en onder z’n oksels aan. Zwarte striemen zetten zich vast op de nek en als je ’t met een mes zou opensnijden, zou je zelfs keiharde bollen en fistels zien groeien in de darmen van de getarte. ’t Schijt aanvankelijk nog stront maar gaandeweg schijt ’t ook water. ’t Schijt maar hele dagen aan doch nooit genoeg opdat ’t ook zijn ziekte zou mogen mee uitschijten. Slijm en gal en hier en daar nog andere drab loost ’t langs de bovenkant. ’t Kan geen lichaamsspleet meer hebben of er moet vettigheid uit sijpelen. Bloeddoorlopen ogen heeft ’t, zijn builen barsten en vullen zich ogenblikkelijk opnieuw. ’t Is al bezig met composteren nog voor ’t de geest heeft gegeven en her en der ziet ’t verwanten met iets van dankbaarheid stikken nadat hun longen zich hebben bol gezogen met vocht en vuiligheid.

De coup stevent af op een klaterend succes: tachtig procent van de getroffenen sterft binnen de twee weken. Rendement, heet dat.

't Weet zeer zeker nog van niks. En van aanpakken en beginnen nog het minst.

Ledematen amputeren kan 't. Wonden uitbranden ook. En tegen de meeste ziektes onderneemt 't z'n befaamde acties zoals aderlaten tot het gezicht verbleekt, en het opwekken van een alles spoelende diarree. Boenk, daar valt er weer één neer, één die zich voor niks de polsen heeft opengesneden, één die zich voor niks een innerlijke lenteschoonmaak heeft gescheten. 't Kan weliswaar hoofdpijn verdrijven met gemalen pioen en voor de strijd tegen de kiespijn heeft 't niet meer dan wat zwavel en azijn vandoen. Cataract wordt misschien wel succesvol met zilveren naalden uit een oog gekrabd, urinestenen krijgt 't tamelijk eenvoudig afgedreven, maar met al die kennis loopt 't niet zot ver dit keer.

De onzichtbare moordenaar, zo denkt 't, zal in de lucht hangen. Jaja, dat is het: 't ademt zijn vijand in!

Gaten en spleten en kieren in de muren worden afgedekt met loodzware tapijten waarin alleraardigste tafereeltjes van bloedbaden en kroningen zijn geweven.

Tevergeefs. Gelijk lagen lasagne blijven de lijken zich opstapelen; af en toe moet er in worden geprikt voor ze gaan ontploffen van het zich ophopende vocht. Op de zeeën drijven stuurloos de schepen waarvan de volledige bemanning het leven heeft gelaten en de roeiers vol schimmels en sappig in hun riemen hangen, de losse vellen vaandelend in de wind.

De moordenaar, zo redeneert 't, zal in het water zitten. Jaja, dat is het: 't laat zijn vijand nietsvermoedend binnen tijdens het baden, omdat de poriën tijdens het wassen worden opengezet! Gôh, waar verstand toch zoal goed voor is. 't Steekt de koppen bij elkaar en besluit zich voortaan niet meer te wassen. Liever nog loopt 't met aangekoekte korsten zweet en vuil rond dan dat 't besluit die moordende badkuip in te kruipen. Is de ene stank niet meer te harden dan gaat 't die te lijf met een andere stank. 't Wrijft zich voortaan alleen nog met een vleugje reukwater in om de vliegen te misleiden.

Maar ook deze theorieën draaien uit op drie keer niets. De graven raken niet meer tijdig uit de grond geharkt, de kadavers belanden op publieke stapels of verderven roemloos samen in dezelfde krater. Ze laten geen naam achter, geen herinnering. De dorpen kreunen onder de geuren van gecremeerde haren.

Elders worden de dorpen zélf in brand gestoken, volledig, in de hoop de onzichtbare moordenaar, deze afgrijselijke epidemie, de nek om te wringen. En de doden, zij zijn échte doden. Want 't heeft zelfs geen geestelijken meer; ook die zitten onder de builen en speken fluimen vol klodders bloed op hun gebedenboeken, tot ze ook maar bij de rest worden gesmeten. 't Heeft met andere woorden niemand meer om de laatste sacramenten, het heilig oliesel of wat dan ook te laten toedienen. Het zijn doden zonder toekomst die de grafdelvers vermoeien.

Zit het gif niet in het water, en zit het gif niet in de lucht of in de grond, waar zit het dan nondedomme wél? En 't denkt na, zoals 't al zijn hele bestaan nadenkt over de ongemakken die 't aantreft op zijn weg. 't Denkt na en vindt na diep beraad de ware toedracht van deze massale sterfte. Dit is een straf van god. Dat 't daar nog niet eerder opgekomen is! Dit is een straf van god omdat er is gesold met zijn woord. Simpel. Zie maar naar de paters; die paloeters schrokken dagelijks 750 grammen rood vlees op, ach hoe sober. Zij proppen zich vol met taartjes, steken hun pik in goedgelovige grieten en gieten hun klos vol bordeaux en brouwen het bier dat ze zelf het liefste zuipen. Een straf, een wegens de zonde gezonden pijn omdat mannen elkander dekken en daar vreugde aan beleven, omdat de armen armer worden en de rijken rijker, omdat slechts 350 families samen 60 procent van alle rijkdommen in de portefeuille hebben, omdat...

Jaja, een straffe gods is het. En 't schuift een gloeiend hete pook tot diep in de anus van elke homoseksueel, 't steekt zijn veel te vrolijke dochters in de kloosters en 't hangt een slot aan de kut van de wufte. 't Bidt, weesgegroet o maagdelijke moeder vol van genade, 't kruipt over kerkvloeren en 't ranselt zichzelf met zwepen de rug aan repen om de Heilige Meneer zijn nederigheid te demonstreren. En om z'n sadomasochistische neigingen wat te stillen, als dat dan toch in één en dezelfde moeite en voor dezelfde prijs kan. En raad eens? Juist! Tevergeefs! De ossen blijven karren vol larfrijke lijken door de straten trekken, de steden raken gehalveerd. *C'est la lutte finale*, nog even en deze heerser is niet meer.

Hallo, koekoek, even een momentje iedereen... Denkt 't hier nu toch niet in lichtjes te grote, en naar hysterie neigende termen: 'ziekte', 'goddelijke wraak'? Een beetje rede alstublieft!

Neem gerust voor zeker en pak zorgeloos voor waar: nuchter bekeken zijn deze aan hun builen en etterknikkers bezweken zielen, slachtoffers van een samenzwering. Men heeft geprobeerd 't van de kaart te vegen door vergiftiging, en dat kan maar één groep hebben bedacht. Eén! Niks ziekte! Niks goddelijke wraak! Dit onheil is de schuld van de pruikendragers, de vrouwenscheerders met hun strenge spijswetten, zij die een stuk van hun pietiewietie knippen en met hun kop tegen de muur gaan bidden, zij die sabbat houden om hun luiheid cachet te geven, zij die abracadabra en kabbala bedachten om geletterdheid en intellect te veinzen en die hun haat hebben gericht op hen die geloven in de maagdelijke geboorte van hun Opperste, in engelen en een hemel vol rijstebrij. Laat die moordenaars een insigne dragen; in de vorm van een wiel, of bind hun een rond lapje van geel vilt om de arm! Merk hen, zoals ook de melaatsen worden gemerkt! Merk hen, zoals evenzeer de hoeren worden gemerkt, als deze tenminste niet stiekem voor het papendom hebben gewerkt.

De pest, de aanklevende ziekte, Het Grote Sterven, de Zwarte Dood, of welke andere gebruikte termen voor dezelfde smerigheid ook... het is het gevolg van een gif dat in de bronnen werd gedaan. Jaja, dat is het. 't Kent zelfs de samenstelling van dat gif: slangenvel, gemengd met geplette spinnen, hagedissen en kikkers, de uitgerukte harten van hen die geloven in een godenzoon die water verfoeide en er een grand cru van toverde, gekruid met stukjes hostie. Zéér dodelijk. Vooral die hostie in combinatie met de kikker.

Nu dit geweten is, ligt het besluit voor de hand: 't houdt ermee op te drinken van de bronnen. Bier is gezonder en lekkerder bovendien. En 't belast zich met het uitroeien van de aanhangers van deze godsdienst. De klopjacht is al begonnen. Was er een ceremoniemeester op de gedachte gekomen om de slachting eventjes ritueel voor geopend te toeteren, dan was die alvast te laat. Hoor maar, de pijnen worden reeds uitgeschreeuwd. Overal worden de besnedenen verbrand; dood als het moet, doch levend als het kan. Hun woonwijken worden met de grond gelijk gestampt en hun nagelaten eigendommen worden elders in de bouw van kathedralen geïnvesteerd. Hun lijken worden in wijntonnen naar de kaden gerold en in de rivieren gedropt, waarop ze drijven naar een zee die hen verteren zal. Sommigen sluiten zich op in de buurt van hun relikwieën en steken nog rap zichzelf in brand om zich de vernedering te besparen.

En, raad eens? Juist! De moeite is vergeefs. De pest wijkt ook daar niet mee. *Tiens*?

'tWijt het aan slangen en kosmisch stof, want 't moet het toch aan iets blíjven wijten. Slangen en kosmisch stof, jawel, dát inzicht is voortaan het nieuwste nieuws. En de woorden zijn nog niet koud of dit nieuwste nieuws is ook al oud. 't Wijt het dan maar aan de stand der sterren, aan de zesde planeet die mallotig en onheilspellend in het huis van de vijfde planeet staat. Jaja, dat is het. Jammer voor de geofferde zondebokken weliswaar, maar daar kan 't niet lang bij blijven stilstaan. 't Moet verder. Vooruit. En iets bedenken tegen deze ziekte. Hoe vadsiger, hoe helender. 't Maakt een medicamentje van adders en padden, lost triakel op in wijn en rozenwater en draagt amuletten terwijl 't zijn zoveelste laagje op de pestkerkhoven legt. 't Besprenkelt vloeren en handen met azijn, 't slikt mirre en saffraan en 't maakt cocktails van gesmolten goud. Baat het niet, dan baat het niet. Besmette woningen worden dichtgemetseld, de aangetasten waar mogelijk nog voor hun reutel reeds in een grafkelder opgesloten. Op de velden bezwijken de geiten en de ezels; hun eigenaars vielen ten prooi aan deze aardse rotzucht of lieten have en goed achter in de hoop rapper te kunnen lopen dan een bacil, gelovend in het bestaan van ergens een steriel oord. Vrouwen verlaten hun mannen en venten verlaten hun teven, want zoveel heeft 't begrepen: deze ziekte wordt van de ene aan de andere doorgegeven. Kijken naar een zieke alleen al is de ziekte krijgen. Kinderen worden achtergelaten, in een vlaag van naastenliefde gewurgd. Magistraten en notarissen weigeren testamenten op te maken in huizen waarover twijfels rezen en grafdelvers gaan smetvrezend in staking en gooien hun spaden neer.

't Denkt eraan uit praktische overwegingen de doodstraf af te schaffen. Gewoon, als er niemand nog bereid is om de vuile karweitjes op te knappen, dan moeten de vrijwilligers maar worden aangeduid: de criminelen, dus.

De steden laten zich ruiken van kilometers ver.

Zij daar die gegroet is moet waarlijk leeg zijn van genade.

Leeft 't nog? Ja?

Oef, was dat hier even spannend, zeg. Had 't zich in honderd jaar tijd verdubbeld in aantal, dan is 't in één jaar tijd alweer met een derde uitgedund. Enfin, deze strijd heeft 't alleszins gewonnen, zij het dan op het nippertje. Maar goed, winnen is winnen. Al is dit een veldslag, niet de oorlog: de vijand is ongetwijfeld geduldig en heeft nog altijd kankers en van alles anders in de kast.

Doch, 't weet nog van niks en onraad ruikt 't niet. 't Kapt een boompje.

Hoe laat is het?

Al gezien? De wormen zijn weer zo rond gesmuld dit jaar. De ratten, de kakkerlakken en de pissebedden, samen De Grote Drie, zij hebben genoeg gezien en kunnen er gerust in zijn. De toekomst is aan hen. Voor hen volstaat geduld, de macht komt dan wel vanzelf.

Er zijn geen uilen zonder muizen, zegt 't, recht krabbelend uit zijn miserie, in zijn hang naar allegorieën. Alles kan worden geveinsd, verstand makkelijker dan gezondheid, waardoor 't zich voornamelijk op dat verstand toelegt. Met een gauw in elkaar geflanst spreekwoord brengt 't soortgenoten tot een makkelijke knieval en eveneens geveinsde bewondering. Er zijn geen uilen zonder muizen. De ene zijn dood is de andere zijn brood. Om te poepen heb je eerst een gat vandoen. Na regen komt zonneschijn. Naargelang de rang, de stand, de luim van de dag, de godsdienst, het geslacht of de huwelijkse staat van zowel spreker als toehoorder, kan 't putten uit een verzorgde collectie literaire citaten en indruk maken met een handvol grammaticale vondstjes.

Het gouden tijdperk voor de blaaskaken is aangebroken, en zij zijn talrijk, want alles wat er van alles geweten is, alle kennis van alle kundes, is ondergebracht in vierhonderd boeken, slechts vierhonderd, waaronder een aantal flinterdunne. Alle paragrafen bij alle voetnoten kunnen worden onthouden door één en hetzelfde middelmatige brein. Het weten van de hele wereld past in een overzichtelijke boekenwand, voor wie het zich kan veroorloven. Maar 't is steeds met meer en meer om zich van alles te kunnen veroorloven, dat is wat 't daarnet duidelijk wou maken toen 't zich de wijze woorden liet ontsnappen dat er om te poepen eerst een hol moet zijn en dat de ene zijn dood de andere zijn brood is. 't Is namelijk zo heftig uitgedund, vaak met voltallige families tegelijk, dat 't een hele hoop grond heeft te verdelen en te herverdelen onder de overlevenden. Wie zopas nog geen roste nagel had, vraagt zich nu af wanneer hij in godsnaam moet afstoffen wat hij opeens te veel heeft.

Er gaat niet heel erg veel tijd overheen of 't ontdekt dat niks zo leuk is als smijten met geld. Er is, uiteraard, veel waar geld tegenaan kan worden gesmeten, maar het plezier dat kan worden beleefd aan een volstrekt zinloze uitgave kan door geen enkele verstandige investering worden geëvenaard. Luxe, overbodigheden, stompzinnigheden, daarin schuilt de grootsheid van de soort. Er moet meer worden geproduceerd dan nodig is. Overschot moet 't hebben. Wat valt er trouwens op aan al die prachtige steden die 't ondertussen overal opgetrokken heeft? Toch niet de zaken die levensnoodzakelijk zijn voor zo'n stad? Neen, datgene wat de stad te veel heeft, dat is waarover wordt gesproken. Geen enkel brood is ooit zo schoon de hemel in geprezen als een arcade, geen enkel medicijn verwierf de status van een schilderij. Een kom rijst wordt niet bezongen als een toren, al komt dat gedeeltelijk ook doordat de zanglust maar met moeite bij de hongerigen kan worden opgewekt.

Geld, het zou van water moeten zijn, zozeer stelt 't het vloeien ervan op prijs. En aangezien geld te allen tijde moet kunnen worden verbrast, zelfs als er heel te gans geen geld beschikbaar is, vindt 't de lening uit. Kredieten worden verstrekt en overschreden, deposito's gestort, valuta gewisseld. En omdat niks kan worden uitgegeven wat niet ergens anders weer naar binnen gaat, ontwerpt 't de dubbele boekhouding. Hiermee kan 't het financiële evenwicht demonstreren, de gezonde balans tussen debet en credit, ook als 't failliet is.

Aan rijk zijn is natuurlijk geen zak te beleven als niet iedereen daar weet van heeft. Geld uitgeven aan de grootste overbodigheden is alvast een goed communicatiemiddel in die richting. Ettelijke jaarlonen betaalt 't op de vroegmarkt voor een snel verslonzende tulp met de juiste, toevallig nog tot drie uur in de mode zijnde kleuren. De kunstschilders hebben het zo druk met de pronkzucht van de bourgeoisie te stillen dat de meest gevraagde onder hen wel zes advocaten in dienst moeten nemen om hun zaken te behartigen.

Heeft het er van ver of dichtbij iets mee te maken dat 't sinds kort de propere gewoonte heeft aangenomen z'n tanden te poetsen met urine? 'O, wat ruikt uw adem heerlijk fris naar pis!' Of heeft het te maken met totaal iets anders? Feit is hoe dan ook dat de epidemieën klaarblijkelijk zijn vertrokken zoals ze kwamen, misschien tijdelijk, misschien voorgoed, en dat de geur van rottigheid langzaam kan wegtrekken als de wind tenminste wenst goed te zitten. Het leven van de tarwevreters lijkt zich eindelijk weer helemaal te gaan herstellen, de gangbare agendapunten worden weer opgepakt.

Als vanouds wordt er geboren en gestorven, verloren en verworven, geliefd, gejammerd, gewerkt en gedroomd. Maar voor wie ze kan lezen zijn de tekenen gunstig. Om de haverklap verschijnen namelijk heiligen in hun zondagse gewaden aan simpele herderinnetjes zonder scholing of lief. Ze staan daar, die heiligen, ineens, voos te koekeloeren in het struikgewas. Of grotten, daar zijn gods gezanten voorwaar nog doller op. Afgodsbeeldjes gaan aan de wandel of trekken baantjes in de dichtstbijzijnde rivier.

Zij die er verstand van hebben ontcijferen de geheimzinnige agenda van de dierenriem. Wie geboren werd in het teken van de steenbok, mag zich komende tijd aan een financiële tegenslag en een amoureuze kater verwachten. 'Oppassen voor de lever, liefste steenbok!'

De profetieën komen van overal; de wolken nemen

visionaire vormen aan, de kabbala verkeert in blijde verwachting van een geluksgetal en de stenen stamelen hun voorspellingen voor wie het horen wil. En dat zou niet meer dan logisch zijn gezien 't klaar is voor een volgend kantelpunt in z'n bestaan: voor eens en voor altijd, maar dan ook werkelijk voor eens en voor altijd, wil 't korte metten maken met dat gedoe omtrent de bolvorm van de aarde. Naar links zal 't varen om rechts uit te komen, onderdoor en bovenlangs de wereld. Pas dan zal 't helemaal van die hele sedert lang aanslepende discussie zijn verlost.

En daarna: onderdoor en bovenlangs het hele heelal.

Doch alles op zijn tijd en het gros daarvan zelfs stap voor stap.

Vastberadener dan ooit berekent 't en becijfert 't alles waarop een rekenformule kan worden losgelaten, en 't komt tot de som dat 15 procent van de wereld uit water moet bestaan en dat het mogelijk moet zijn zo'n 280 kilometer per dag af te leggen. 't Bouwt een stevige kraak van meer dan honderd ton, met een fokkenmast die de tropische cyclonen zal trotseren zoals een man zijn huishouden, en 't schenkt dat schip de naam van een nog niet versleten havenhoer. Alle kleine beetjes helpen.

Een koe wordt samen met twee geiten op het dek getrokken, voor de melkbar onderweg. Zeeziek zal zij loeien naar de golven. Kippen krijgen een kajuit en de keuze tussen voldoende eieren leggen of maritieme dienstplicht in de soepketel. Matrozen met dikke plukken borsthaar hijsen de zeilen en laten de kaden achter vol huilende moeders en ontgoochelde maîtresses. Zij hebben hun geloof verloren in de liefde, zijn op de loop voor het gerecht; hun vraagt het haast geen lef meer de dood in de ogen te kijken. De zee, dat is het land van de alternatievelingen en van hen die menen een miskend genie te zijn. Mochten zij diep zinken, het ware geen al te groot verlies. Het schreien niet waard.

Het punt is bereikt waarop 't geen morzel grond meer kan bespeuren. Niet als 't voor zich uit kijkt, en niet als 't achterom kijkt. Niet links en niet rechts. Maar 't is overtuigd van zichzelf en van de rondheid van de wereld, onverschrokken zet 't verder, dobberend op een wateren wereld die 't kent uit z'n allerprilste begin, toen 't thuis was tussen de koraalpoliepen en de verzonken atollen, toen 't zwom tussen de zoöfyten en spongieuze reuzen en 't heel verstandig aan geen enkele slijmvis of grondel verried dat 't het plan koesterde op een dag de oceanen te verlaten om het land te bevolken, hoe weinig welgekomen 't daar ook was. In die dagen, toen zelfs het begin nog maar net begonnen was, zei 't niet tegen de egelvissen: 'Wij verlaten onze vader, het water, maar keren weder, om al dit alles stoer te bevaren, u met een vislijn op te takelen, u vervolgens op te blazen en te lakken, en een lamp in uw buik te draaien; dat zal schoon staan op de commodekast en passen bij de getaxidermeerde everzwijnenkop ernaast.'

't Is op de goede weg om dat voornemen helemaal waar te maken. Een tien voor inzet.

150 kilometer per dag trager dan voorzien (een vier voor algebra) klotst 't kotsend en schijtend op de schuimende zee. De wijn is zuur van gedurig te schudden in z'n vaten en de ratten bleven zo te zien ook niet allemaal aan wal. Maar 't zet door. Met bloedend tandvlees en leeg gebaggerde darmen zet 't door. 't Zingt een piratenballade om de courage te bewaren en 't zingt een shanty voor de doden die overboord worden gegooid. Zo gaat het goed. Zo gaat het beter. Alweer een kilometer. Alleen tussen het water en de hemel, bevaarders van een algehele verlatenheid, vechtend tegen de navrante gedachten.

't Eet schoenzolen van miserie want niks is zo moeilijk, blijkt nu, als visvangst in volle vaart en 't is uiteindelijk nog content ook dat er ratten aan boord zijn om variatie in het menu te kunnen steken.

En zo, zo komt 't op een dag ineens aan de overkant van het groot bassin. 't Is echter niet rechts uitgekomen door naar links te gaan, wonderwel genoeg toch niet, maar 't is op een lap grond gestoten waar 't nog geen weet van had.

Spoedig doen de verhalen de ronde. Over wreed tempeestige zeeën, en aan het eind daarvan: een land, een heel continent effenaf, waar alle vogels fluiten als een nachtegaal zonder daarvoor een nachtegaal te moeten zijn, en waar bewoners meermaals per dag op hun eigen staart trappen puur van lompigheid. Er lopen aapachtigen met hondenkoppen, bengelend in woeste peperbossen, eenogige monsters, castraten en vrouwen met hevig tekeergaande en middaguren slaande harten die de hele dag, van 's morgens vroeg tot 's avonds laat en nog veel later, onbeschaamd rondlopen in hun blootste blote. Kannibalen gaan er gecontroleerd doch scheel van de goesting met elkander om en ruilen recepten voor gepofte strottenhoofdjes met banaan. Meer landinwaarts trekken éénborstige vrouwen het zwaard tegen elkeen die miserie zoekt, strijden nimfen en sirenen met elkaar om elke mannenblik. Boswijven bungelen er teeuwsig van tak naar tak, gezworen lesbiennes plengen er zilveren tranen en schieten met pijl en boog, soms achterstevoren, hun voedsel uit de lucht. Zo op het eerste zicht moet daar trouwens lang geleden ook eens een bok een kip hebben gedekt, waardoor de kuikens er het genetisch materiaal hebben van een schaap. Blijkbaar gaat het ginds om zéér hete bokken, want ook de bomen geven wol en zij is van de beste kwaliteit bovendien.

Kosmologen en theologen buigen zich over de kaarten, de logboeken, de verhalen, de doctrines. En inderdaad, vermoedens kunnen worden omgezet in zekerheid, tot spijt van wie het benijdt: wat 't daar zo tussen de soep en de patatten heeft ontdekt is Het Paradijs! Ziedaar het schone nepfilosofische feit genaamd 'serendipiteit'. Ook de woorden worden duurder, het is een moeilijke tijd. Maar 't klaagt niet, tenslotte heeft 't net gods pretpark gevonden, glorie halleluja. Het plaatje klopt: de rivier splitst zich in vier visrijke takken zoals voorzien in de profetische geschriften, het balsemhars en de robijnen zijn aanwezig zoals lang geleden werd voorspeld. En: er is goud. Veel goud. Van een excellente kwaliteit. Wat zou dit dan nog anders kunnen zijn dan Het Paradijs? Een echtheidscertificaat zou Het moeten worden uitgereikt.

Wiskundigen storten zich met al hun wijsheid op de reisgegevens en berekenen de definitieve vorm van de aardkorst. Een plusje hier en een minnetje daar. Moeilijk kan dat niet zijn. Gegeven een rechte y en een punt x dat niet op y ligt, is er immers in het vlak door y en x maar één enkele rechte door x die y niet snijdt. Als 't dát al weet. 't Calculeert en 't verifieert en brengt uiteindelijk het officiële nieuws naar buiten dat de wereld misschien wel bolvormig is, maar niet helemaal. De bolvormigheid is maar een deel van het verhaal. De wereld heeft namelijk, zo blijkt na veel rekenen en herberekenen, de vorm van een vrouwenborst. Met tepel en al. En helemaal vanboven op die tepel ligt, gelijk een aardbei op een taart, neen, gelijk een toef slagroom op een aardbei op een taart: de hemel! Dat werd weliswaar reeds eerder geformuleerd door kleinere rekenwonders in herbergen en bordelen, maar nu werd het bewezen. Alles wat ademt en leeft, wat in het water spartelt of door het slijk kruipt; het bevindt zich op één grote en ongetwijfeld schone galactische tiet. Sterren, kometen, de maan, de zon, planeten en hun brokstukken vliegen vrolijk hun dagelijkse rondjes in het tietocentrische melkwegstelsel.

De schepping steekt inderdaad ontzettend goed ineen. De complimenten aan de chef.

Een eerste indruk is niet per definitie de zuiverste, en ’t beschikt ook over voldoende edelmoedigheid om dat meteen toe te geven. Er moet niet rond de pot gedraaid worden, de wereld is geen mem, ’t heeft zich vergist en daarmee basta. Wat niet wil zeggen dat ’t heeft overdreven. Want er mogen zich dan wel dryaden noch myrmidonen aan de overkant bevinden, het mag er misschien wel tevergeefs zoeken zijn naar tuinkabouters en keukentrollen; de waarheid is, typisch voor de waarheid, veel maar dan ook veel ongeloofwaardiger. Namelijk, en gelieve niet te schrikken: ’t kwam daar voor het eerst op die plaats en ’t was daar al. Hoe zot.

Wat daar achterlijk zijn ontdekker staat aan te gapen is ’t zelf. Te zeggen: verre familie die óók nog heeft gezwommen tussen de mosselen en de schollen, de alen en de brasems. Iets wat evengoed is begonnen als een sliertje speeksel in de zee. Maar 't is een andere kant op gedreven en heeft ook al die tijd zijn plan weten te trekken onder de zon. Okee, te lomp om het wiel uit te vinden, te imbeciel om trekdieren uit te buiten en te mallotig om met een ploeg het land te bewerken. Dat wel, die fouten zijn er ingeslopen. Bier maakt 't ginds van maniok, ten teken van smaakloosheid, en culinair gezien komt 't niet verder dan de barbecue. 't Kent geen munten, geen snaarinstrumenten, geen ovens en heeft daar geen enkel maar dan ook werkelijk geen enkel woord voor 'kunst'. Ronduit achterlijk. Maar 't is er toch in geslaagd om op één of andere wijze bonen te verbouwen, maïs, avocado en pompoenen te kweken. Bizar wel, hoe 't zich elders en in totale afzondering van de rest wist te ontwikkelen tot een wezen met een voorliefde voor precies dezelfde smeerlapperijen, zoals het kelen van krijgsgevangenen om hun valse goden te animeren. Daaraan kan je toch goed zien dat 't familie is. In tweeduizend talen kan 't ginds goed uitleggen wat 't helemaal niet meent, en ook hier is 't op een dag rechtop gaan lopen op twee poten en piramides begonnen te bouwen, is 't gezinnen gaan stichten en gezinnen uiteen gaan slaan. Frappant.

De soort heeft zich aldus herenigd, de familie is bijeen en de verloren zonen kunnen meteen worden heropgevoed. Het zijn voorlopig nog nuttelozen aan de overkant, lui en stupide. Laf en infantiel van inborst is 't geworden door de afzondering op dat afgelegen continent. Onbeschaafd, niet verder denkend dan de eerstvolgende maaltijd en de drie volgende copulaties. Mentaal gehandicapten die de voorraden rubber van de wereld beheren, tabak in hun bezit hebben, cacao telen, petroleum kennen. Debielen die, mits er stevig genoeg op geranseld wordt, nog kunnen dienen als gratis werkkracht. Mongoloïden die het gat afkuisen van de verkeerde god en ondertussen achteloos basket spelen met vreemd stuiterende ballen. Dat gaat niet. Dat houdt geen fatsoen. Als de familie zich wil verenigen moeten alle leden dezelfde stamvader erkennen! Dezelfde god!

Schrijf uit die bul! Verklaar die oorlog maar! Rijg het rapaille aan rapieren!

Met zestien paarden en een kleine hoeveelheid haakbussen gaat 't het volledige terra incognita bekeren. Karteer en bekeer! En 't gaat die in veren en vodden geklede wezens vertellen over de schepper en diens strafste stoten. 't Zegt: 'Er is een herder in de hemel en gij zijt zijn schaap.' 't Preekt naastenliefde en 't beveelt in één en dezelfde ademstoot verdrijving óf vernietiging aan voor wie de intellectuele capaciteiten mist om in de juiste god te geloven.

Daarmee verschijnen ook aan de overkant de eerste

galgen, worden ook daar twijfelaars vermakelijk aan flarden gemarteld, bij wijze van naastenliefde. De kloten der ongelovigen worden op klaarlichte dag afgesneden en aan de honden gegeven, zodat het anderen tot voorbeeld kan strekken. Stokslagen! Ranselrondjes! Een bestaan kan pas als succesvol worden bestempeld wanneer het overeenstemt met het lot. Maar het lot, het lot is een wijf. Voor de goede verstaander: men moet er af en toe eens hard en weinig teerhartig op bonken om haar naar de juiste hand te zetten. Conform deze beschavingstheorie rost 't op wijf en lot en goddeloze zot. Nu eens aan stukken, dan weer simpelweg kapot.

Arme, sukkelachtige heffe des volks.

Sigaretje, iemand? En moet deze datum niet worden uitgeroepen tot officiële feestdag?

Almeteen krijgt 't in het snotje dat het een innie minnie pietsie beetje te onstuimig te werk is gegaan en 't per malheur een hele tak van de familie heeft uitgeroeid. Woeps. Daar valt dan ook niet veel meer aan te bekeren. Dat stuk speelgoed is ook rap stuk, iets waar de beschavingstheorie geen rekening mee hield. Andere strategie dan maar.

Boten vol simpele, frigide nonnen en sullige missionarissen worden naar de overkant gevaren. Want die preken tenminste geen vroomheid terwijl ze hun genitale wratten wegmoffelen in een volgende kindermond. Deze brave sloren moeten er vlotter in slagen anderen iets onwaarschijnlijks als een godsbewijs wijs te maken, aangezien ze erin geslaagd zijn het eerst en vooral zichzelf wijs te maken. Toonbeelden van voorbeeldigheid, kortom.

En daarmee...

De bevolkingsteller passeert, ding dong, ding dong, ondanks al die knokpartijtjes toch het punt van de 540 miljoen.

Voor het eerst sinds ze door de verschuiving van de aardplaten uiteen werden gedreven, staan alle continenten weer in verbinding met elkaar. 't Is zo ondraaglijk met 540 miljoen tegelijk één dat 't zich genoodzaakt weet alles en iedereen in hokjes op te delen. 't Bedenkt classificatiesystemen volgens afkomst, kleur, geloof, intelligentie, smaak, noem maar op. Dat is makkelijk, alles wat in een kot is gestopt is ook vlotter gestroopt. Kijk maar naar de kiekens en de konijnen. Maar, opgedeeld in secties en ondersecties, is 't hoe dan ook één. Eventueel aaneenhangend van onenigheid maar 't is één.

Alles wat kan worden geplukt of gekapt, wordt aan dek gehesen en naar al die verschillende continenten gebracht. Tabak, suiker, rubber, slaven, bomen, paarden, godsdienst, peperbollen, porselein, edelstenen, thee, manieren, gebrek aan manieren, ziektekiemen... het reist allemaal de wereld rond. De ene lading na de andere. De walvissen verliezen in een mum van tijd hun heerschappij over het sop. Nu de vogels nog onttronen. Heerlijke dagen zijn het. Zie maar, 't heeft nu iets exotisch in huis lopen om de vloeren schoon te laten zwabberen en de sperziebonen te draden. Iets bruins dat 't kan doodschoppen als 't dat abusievelijk heeft bezwangerd.

À propos, iemand onlangs eigenlijk nog een dodo gezien? Iemand die kan vertellen hoe het laatste exemplaar gestorven is?

Ach, wie maalt er nog om die mislukte duif. Ander en beter. Het ene is nog niet uitgeroeid of 't ontdekt al iets anders dat op een latere datum kan worden uitgeroeid. Met open armen verwelkomt 't heden ten dage de papegaai, een eenvoudig te indoctrineren vogel die breviergebeden en psalmen kan worden aangeleerd. Even op z'n kopje krabben en het pluimbeest zal dankbaar bidden.

Maar 't zou eerlijk gezegd wel een stuk simpeler zijn moesten alle vogels dezelfde taal spreken. De taal van de ontdekker, de taal van de veroveraar. Zo ziet 't opeens de wereld: bevolkt met verslagenen die de taal van de overwinnaar spreken. Overal waar 't zijn vlag plant onderwerpt 't de plaatselijke achterlijken aan een taalcursus. Het Usurpators zonder moeite, onderwezen op de graven van de uitgeschoffelde volken. En het geluk kan niet op; de grammaticaboekjes kunnen tegenwoordig voordelig worden gedrukt op een pers, er kan vaart worden gezet in het hele civilisatieproces. Voor het eerst zijn er door de verbetering van de persen ook al schrijvers die nog tijdens hun leven beroemd zijn. De volgende stap ligt voor de hand: beroemd zijn om een boek dat nog moet worden geschreven. Of misschien wel beroemd zijn, zomaar om het beroemd zijn, zonder ook maar iets te hebben uitgevreten. De mogelijkheden liggen open en de weg is recht of zal recht worden getrokken.

Ach, de blijde komst van de drukpers, waarvan het ware belang is dat er eindelijk bankbiljetten in omloop kunnen worden gebracht. Papiergeld. Waardoor de rijken hun broekzakken minder makkelijk scheuren. Drukken maar!

Tenzij 't straks nóg eens ergens in het wilde weg een continent zou ontdekken, heeft 't nu de wereldkaart min of meer helder en duidelijk voor ogen staan en slaan de handelsreizigers zich grotere koffers en mondvoorraden in. Gezien de gewassen de hele globe rondreizen en spruiten voor bananen en bananen voor bessen worden geruild, eet de soort ineens veel gevarieerder, en vliegen de bevolkingscijfers de hoogte in. Ding dong, ding dong. Hoe meer zielen er worden geboren, hoe meer er valt te moorden.

Maar ook: hoe meer voedsel er is om er meer geboren te laten worden, hoe meer voedsel er moet worden geproduceerd om die nieuw geborenen eten te geven. Het is maar hoe 't het bekijkt.

En zo te zien bekijkt 't het meteen van de twee kanten tegelijk. Veertig miljoen van die zopas herontdekte soortgenoten schoten al het leven in bij het grote weerzien. Ook lichtgevoelig, toch. En vervelend, want net nu er massaal tabak moet worden verbouwd en katoen geplant, nu meer dan ooit het suikerriet moet worden gekapt en schotels moeten worden afgewassen, kan 't gerust veertig miljoen lompe werkkrachten gebruiken. Ossen en slaven heeft de economie nodig!

En zie, als de nood het hoogst is blijkt de redding steeds nabij. Op het continent waar momenteel de olifantsvogel op uitsterven staat, heeft 't de gewoonte krijgsgevangenen, lukraak gekidnapten, kleine zowel als grote criminelen en zelfs naaste familieleden te verkopen als arbeidskracht. En aangezien geen enkele monotheïstische godsdienst bezwaar aantekent tegen slavernij, is de redding wel zeer zeker nabij.

Ze is niet meer nabij, de redding is er al. Leve de monotheïstische godsdiensten!

Omdat 't de zegeningen van de totale dronkenschap is gaan waarderen, het lallen en het lullen, het tijdelijke vergeten van de eeuwige miserie, daarom dus, verruilen vaders hun zonen voor een fles cognac. Scheepsladingen jenever en geketenden kruisen elkaar op zee.

A-hoy, a-hoy. Voor de prijs van een krat bier, een kruik schnaps en een goed gevuld glas aquavit doet een gans continent z'n lastposten en ongewensten van de hand. Buskruit, alcohol, parels, melasse, kettingen, gesausde tabak, bestek, textiel, suikerpotten, melkkannetjes, spiegels, metalen staven... er bestaat niets of het kan worden verruild voor een slaaf. Toch niet als de slaaf nog jong en sterk is. Oude, rammelende knarren moet 't niet hebben, tenslotte dient dat volk om te werken. Serieus te werken. En als dat volk bovendien zo lief zou willen zijn om zich vóór de leeftijd van zestig dood te werken, dan heeft 't geen onproductieve bejaarden te onderhouden.

De investering is eigenlijk pas de moeite waard als een slaaf de leeftijd van vijfendertig niet overschreden heeft op de dag dat iemand hem in de aanbieding zet. Daarmee stelt 't controleurs aan om aan de haren van de slaven te snokken, want er zijn verkopers die de kale plekken van hun marchandise proberen te camoufleren met opgeplakte pruiken. Wie inkopen doet, doet er ook goed aan de tanden te bekijken, er kunnen bruine tussen zitten en dat verraadt toch een zekere ouderdom. Op de markten worden moeders voor dochters verkocht, de grijze haren geverfd, de huid ingewreven.

Een raad van brokaat: koop nooit een slavin zonder eerst eens stevig in haar borsten te hebben geknepen! Er zijn namelijk altijd verlepte joekels bij, hangtieten die met een mengsel van olie en citroensap weer tijdelijk zijn opgesteven nadat de slapte der jaren er eerder al was ingeslopen. Zuiver consumentenbedrog. Kijk tevens in hun gaten, waarin stopsels een zekere leegloop buiten de aandacht van de verkoper trachten te houden. Je kan niet diep genoeg kijken! Of koteren, om risico's uit te sluiten.

Zodra de koop gesloten is moet de slaaf, dat levend ebbenhout, worden gebrandmerkt. Een soort kwaliteitslabel waar de slaven zelf zeer trots op zijn en dat het gevoel ergens bij te horen gevoelig versterkt. Een voorrecht is het, en een garantie dat de slaaf goed verzorgd wordt door z'n eigenaar. Wreed is dat brandmerken bijlange na niet: er wordt eerst wat olie of kaarsvet op het vel gelegd, om de sentimenten te verzachten. Bovendien is zo'n stempel wel best heet, okee, maar ook weer niet ondraaglijk heet. Als 't de stempel tegen een blad papier drukt, en dat blad papier vervolgens rood wordt zonder in brand te vliegen, dán, niet later maar zeer zeker ook niet eerder, is de stempel perfect op temperatuur en kan hij op het vel worden gezet. Als de slaaf opgehouden is met onnozel blèren krijgt hij nadien een cadeautje, een pijp met een toef tabak in. Ziedaar zijn inwijdingsritueel. Welkom in de club.

Het werd de hoogste tijd om in te schepen en het continent waar de olifantsvogel ondertussen al roemloos uitgestorven is vaarwel te zeggen. Op naar een continent waar vast ook een beest de geest aan het geven is. Want het is veel makkelijker om het werkvolk naar de werkvloer te brengen dan de werkvloer naar het werkvolk. Hoe zou 't dat moeten doen?

Vastgeklonken aan kettingen en ontvellend vanwege de wrijving met diezelfde kettingen, zitten de verkochten opeengepakt, in een bedompt onderdeks kot dat riekt naar slaap en stront en menstruatievocht. De scheepsgort werpt op, het knaaggedierte heeft zich aan de watervaten te knabbelen gezet, de rantsoenen rotten en als het ruim niet regelmatig helemaal zou worden uitgerookt, dan hingen er nu dubbel zoveel in hun riemen hete koortsen uit te zweten.

Zij die de overtocht overleven schoppen het met een beetje meeval ergens tot ambachtsslaaf bij een eigenaar die liever niet de zweep hanteert. Ze worden kuiper of timmerman en krijgen daar respect en een zak stro om op te slapen voor. Maar dat is zoals gezegd in het geval dat er meeval mee gemoeid is.

Hoeveel meeval kan er zijn?

Aangezien 't weet hoe een plantage moet worden gerund en 't verstand heeft van zakendoen, beseft 't ook dat 't niet zomaar een kapotte slaaf hoeft te vervangen door een verse van de vrijdagsmarkt. Dat zou wel wat dommetjes zijn. De slaaf, die ondertussen toch al de roepnaam van een huisdier heeft gekregen, is het enige werktuig dat zichzelf kan produceren. Zich voortplanten moet dat werkvolk! Dat ze zich maar eens met elkander afpeigeren op hun strozakken in plaats van op de katoenvelden! Dat de teven die een hele dag voorover gebukt het onkruid staan te plukken zich maar eens in een andere positie stellen, bijvoorbeeld achterover gebukt, het zal hun spieren deugd doen! 't Schenkt zelfs zwangerschapsverlof aan wie zich weet vol te stoppen met de arbeidskrachten van morgen. Wat een luxe. Maar ze willen niet, de teven. Ze vogelen zo vaak dat 't meent te mogen beweren dat op platgetreden paden weinig van waarde groeien kan. Ze willen niet, omdat ze meesteressen werden in het aborteren.

Moet 't deze levensboycot interpreteren als een slavenopstand? Moet 't dan toch staan zwiepen met de zweep? Er is om gevraagd, tenslotte.

Is 't geen slaafgeborene, dan heeft 't geluk in alle vrijheid te mogen creperen in een wereld die bol staat van de miserie. De ontdekking van die nieuwe gebieden, en de massale invoer van overzees zilver, allemaal goed en wel, maar het veroorzaakt een inflatie die nog het meest wordt gevoeld door hen die het woord 'inflatie' geeneens begrijpen.

't Is vrij! 't Is vrij! En 't werkt zich kreupel in zoutziederijen en krom in glasblazerijen voor een loon dat niks meer waard is tegen de tijd dat het wordt uitbetaald. 't Zou een viswinkeltje willen beginnen om zich overeind te houden, leemplakker worden om de eindjes aan mekaar te knopen. Maar het inschrijvingsrecht voor al die beroepen is zodanig hoog dat er geen beginnen aan is. 't Is vrij, dat klopt, maar 't verdient 's winters geen bleke stuiver omdat de boter, waarmee het garen toch moet worden ingevet, stijf staat van de vrieskou. Zodat de wolwevers met hun verkleumde vingers staan te draaien in afwachting van de dooi. Met wat leurhandel hier en daar probeert 't z'n grollende maag te vullen. 't Smijt zich op de smoorhopen van de stad, om er het huisvuil bij elkaar te scharrelen en dat als rijpe compost te verkopen aan de boeren.

Is 't lijnwaadwever of twijnder, dan klopt 't werkdagen van veertien uur en meer, tenzij de pastoor zegt dat er een godsdag moet worden geheiligd en het verboden is om een stuiver te verdienen.

De slaven, ze zijn te beklagen, maar zij hebben geen molenaars en geen bakkers in mekaar te slaan wanneer de hongerjaren op de kalender staan en de woekeraars de kwaadste dagen daarvan nog wat rekken. 't Zwingelt vlas en 't bindt koren, 't vet huiden in, 't draait stoelen. 't Doet al wat 't kan doen om net genoeg te hebben, en dan nog wordt er toestemming gegeven om de bedelaars (het grauw, het uitvaagsel) dood te schieten die na zonsondergang hun hand uitsteken. Zodat zij die wél genoeg hebben zich niet bedreigd hoeven te voelen.

Heeft 't dan al eens een job die op iets lijkt, bijvoorbeeld iets in de fabricage van fijn linnen, dan krijgt 't binnen de kortste keren een oorlog op z'n kop en staat 't weer op straat, te schooien op de smoorhopen. Want men is niets met fijn linnen tijdens een oorlog, een lijf verteert dat niet. Datgene wat niet kan worden opgegeten of waarmee niet kan worden vermoord, dat is wat 't het moeilijkst krijgt verkocht.

Vrijheid, jawel, om met een hele hoop gezinnen tezamen in hetzelfde krot te wonen en in dezelfde emmer te pissen, in straatjes waar de beenhouwer zijn gekeelde beesten liggen leeg te gutsen in de goot, en waar de snottebellen van de kleinsten hele wijken onder de griep steken. Vrijheid, om zeventig procent van het dagloon te moeten steken in een brood van 400 grammetjes waarin dan nog eens veel te veel zemelen steken en veel te weinig rogge zit. Vrijheid, om niks meer over te hebben voor een stuk fruit, content te zijn met een in vieren te delen pekelharing en een roetkaars die is gemaakt uit slachtafval.

Is 't ziek en moet 't naar het hospitaal, dan mag 't van geluk spreken samen met een melaatse op een kamer te worden gelegd. Want 't kan ook met een melaatse in hetzelfde béd worden gelegd.

Honger! Hoort ge? 't Heeft honger! 't Veinst nu zelfs al melaatsheid, zodat 't op kosten van de gemeenschap naar één van die lazarijen zou worden gestuurd, de melaatseneilanden waarop men in alle rust en stilte en met een volle maag mag wegrotten. Als dát zou kunnen lukken.

God is goed. Toch dat nog.

En dat grondpersoneel van god, dat heeft er natuurlijk geen last van dat de prijzen alweer vervijfvoudigd zijn. Gods waarnemers op aard hebben 75 procent van alle in omloop zijnde geld vrolijk hotsebotsen in hun eigen beurs, zoiets moet sporen nalaten in de proviandkast. En in de wijnkelder.

't Spaart zich de kruimels uit de mond om de nodige aflaten te kunnen kopen, en 't zal niet anders kunnen dan in te gaan op het voorstel zijn wijf te laten beslapen door de priester, in ruil voor absolutie. Een goedkoop tarief, gezien het alternatief.

Ach, en 't staat wel te roepen en te tieren dat de stank der zonde vanonder de pauselijke rokken komt, 't verkracht al eens een non of stopt haar in een hoerenkot om een rekeningetje te vereffenen, 't smijt heiligenbeelden en glasramen naar de klingelklangel om z'n gram te halen: veel verandering dwingt 't daarmee niet af. Trekt 't z'n klep open riskeert 't immers tegen de wurgpaal te worden gezet.

De fanfare der rammelende magen heeft nog een hele hoop straten te gaan. Ondertussen ziet 't het opperste gezag een basiliek optrekken van een kleine vijftienduizend en oneffen vierkante meters, met bronzen deuren, nissen waarin metershoge beelden prijken, zwevende bakken vol wijwater, marmeren sarcofagen, gedraaide zuilen, mozaïeken, 44 altaren om 60 000 gelovigen tegelijk te kleineren, een baldakijn, een obelisk, een ditje, een datje, en goud, goud, goud, goud.

Heiligheid moet 't nastreven, dat is wat 't te horen en te lezen krijgt. Niet voedsel is het belangrijkste. Maar heiligheid! Met militaire tucht zou 't moeten trachten het stadium van de heiligheid te bereiken. Bijvoorbeeld door voor de spiegel te staan, als 't tenminste geld heeft voor een spiegel, en dan zichzelf te bekijken en te zien hoe lelijk en walgelijk 't is. Zichzelf zien als een etterende zweer, een buil gevuld met vuil. Dat moet 't doen! De honger gaat ermee over.

Heiligheid en dus ook perfectie nastrevend, stuurt 't z'n schilders naar de anatomielessen, zodat god de van hem gemaakte portretten tenminste zelf zou durven op te hangen, bijvoorbeeld boven één van die 44 altaren in de zopas vernoemde basiliek. Als de kleuren tenminste niet afsteken tegen het glasraam. En hoewel 't al menig bloedbad heeft aangericht en de slagvelden al ruimschoots educatief materieel zouden moeten hebben geleverd, alleszins toch genoeg om het lichaam zowel vanbinnen als vanbuiten tot een goede gekende te maken, verbergt het lijf nog altijd geheimen. Niet goed gekeken zeker toen er 'ns eentje per malheur werd opengereten?

Ach ja, 't heeft dan ook alleen maar de winters om zich te verdiepen in de wondere wereld der anatomie. Eens de kou tot diep in de karkassen kruipt en de vergankelijkheid minder haast heeft, zit 't gewapend met messen en penselen, geprangd tussen snijtafel en schildersezel en met bonkende koppijn van de vele geurkaarsen rondom rond, te schetsen tegen de klok.

't Leert dat alles wat zich in een buik ophoudt het eerst aan het ontbinden slaat, en dat een lul trager vergaat dan een long. Handig om te weten. Niettemin vergt het de grootste moeite de dood met een potlood bij te benen; anatomische prenten van organen moeten worden ingekleurd wanneer het orgaan al zwart of zelfs verdwenen is. Er zijn er dan ook die veel liever stillevens van verdorven appelen toevertrouwen aan het doek. Om als fris en levendig uit te beelden wat zo meteen in een kist tot donker slijk en vettig smeer zal vergaan, heeft 't niet alleen betere potloden nodig. Maar koudere en langere winters! En vooral: meer lijken! En voor dat laatste kan altijd worden gezorgd.

De arme en zieke loeders die sterven terwijl hun gasthuisrekening nog openstaat, worden uit elkaar gehouwen en afgekloofd voor nadere observatie. Eens per jaar wordt er een vracht opgeknoopte criminelen uitgestort voor de poorten van het sectiekot en 't hoeft niet eens veel wetenschappelijke aanleg te hebben om verheugd te zijn met zo'n gift. Niets is zo interessant om in te snijden als de lijken van gemene, jeugdige rovers. Die hebben niet de perkamenten vellen die 't à volonté in de gasthuizen kan vinden, niet de verschrompelde ingewandjes van de ondervoeden, niet de halvelings al aangevreten biefstukken die op de zwarte markt voor veel geld door de begrafenisondernemers worden versjacherd. Maar volledige lijven, dood maar jong, nog niet volledig afgekoeld, en organen die hun frisheid nog wat weten te bewaren.

Wel jammer dat die delinquenten worden opgeknoopt, dat beschadigt de bloedvaatjes. Ook onthoofden is anatomisch gezien niet aan te raden. 't Zou een wet gestemd moeten krijgen die zegt dat de ter dood veroordeelden verstikt dienen te worden, bijvoorbeeld door hun kop een poos in de rook van brandende sulfer te houden. En als de gevangenisdirectie dan ook nog eens zo meegaand zou willen zijn om de bewoners van de dodengang zo'n zes afgemeten uren vóór hun terechtstelling nog iets calorierijks te smikkelen te geven, dat maakt de studie van de spijsvertering er namelijk net iets makkelijker op.

Zijn deze beenhouwerijen op kunsthistorisch vlak ontzettend boeiend, ze zijn het ook op chirurgisch gebied. Spoedig stopt 't ermee gelijk een wildebras te hakken in al dat slachtafval en leert 't fijner te kerven. Veel straffer nog, en wat geen ziel ooit voor mogelijk hield, maar 't heeft alreeds het bloedeloze snijden onder de knie. Een hele arm ritst 't open zonder de vloer vuil te maken.

Uiteraard is dat makkelijk, een lijk opensnijden zonder bloed te morsen. En om z'n kunnen te bewijzen zou 't eens moeten kunnen snijden in een lévend lijf, waarin het bloed en alle andere vloeibare troep voortdurend van boven naar onder, van voor naar achter en van links naar rechts wordt gepompt. Dat zou nog eens interessant zijn. Kan ook de hele bloedsomloop bestudeerd worden. Een borstkas openroetsjen en zien wat er allemaal ratelt en kleppert daar vanbinnen.

Daarmee heeft 't het zichzelf natuurlijk niet makkelijk gemaakt. Om maar één obstakel te noemen: het is onbetamelijk de schepper zijn schoonst afgewerkte product te molesteren zomaar voor het experiment. Dus moet 't op zoek naar andere en, allicht, inferieure soorten. Zoals apen. Voor de verandering. Maar levende apen hebben een pretbedervende gezichtsuitdrukking als ze worden opengesneden, daar kan 't eerlijk gezegd niet altijd tegen. Muizen zijn daar wel eventjes lollig om te entameren, vraag dat maar aan de katten, ze gaan desalniettemin gauw vervelen en vragen van de maker van anatomische prenten een stel goede ogen.

Als 't denkt, dan is 't. En 't denkt dat honden zich nog het best lenen om levend te worden opengesneden. Er is namelijk niks van waarde aan een hond. Een zielloos ding op poten dat schijt en wandelt en vreet en vogelt omdat het toevallig kundig als een stuk machinerie in elkander is gezet, maar waarin voor de bok zijn kloten aan gevoeligheden zit.

Vastgebonden aan vier plankjes en de strot opengesneden zodat het rotbeest niet gedurig zou liggen blaffen, dient de hond alsnog tot iets, meer bepaald de intellectuele reuzenschreden van zijn meester.

Wat geen ziel heeft, hoeft niet te worden verdoofd. Dat zijn alvast kosten uitgespaard. Daarenboven zou iedere vorm van narcotica een vertekend beeld geven van de werking van het metabolisme. De ene kennel na de andere haalt 't leeg. Alles wat bij elkaar kan worden gevangen aan herdershond wordt gevild. Om het onderzoek niet vroegtijdig te moeten afbreken wordt het dier in leven gehouden door een blaasbalg aan de luchtpijp te verbinden, zodat er voortdurend lucht in de longen kan worden geblazen. Spitsvondig als 't ook is. Vijf uur dient de hond in leven te worden gehouden, indien mogelijk mag het zelfs langer. Ondertussen kan er pancreassap worden afgetapt, kunnen de zenuwbanen worden geprikkeld met naalden of vuur. En zit 't door z'n voorraad honden heen, dat durft wel eens te gebeuren, dan laat 't jonge katten in zwijm vallen door ze in een vacuüm gepompte ruimte te stoppen. Leuk om te zien, en 't leert er nog eens iets mee bij.

Grote dagen zijn dit, waarin de klapvliezen worden ontdekt.

Grote dagen waarin 't met van alles en nog wat experimenteert, met honden zowel als met vormen, en waarin 't één van z'n indrukwekkendste prestaties aller tijden neerzet, meer bepaald de uitvinding van de wc-pot. Deze vondst verwelkomt 't aanvankelijk nog als een hygiënisch alternatief voor de latrines van weleer, maar het duurt heus niet lang of 't ontdekt de ware waarde van dit kleinood. Wat de ploeg was voor de landbouw, wat het wiel was voor de mechanica, dat is de wc voor het idee! Kakkend in afzondering komt 't op de ene gedachte na de andere.

Zo heeft 't, door bolle en holle lenzen met elkaar te combineren, een prachtig militair wapen weten te bedenken: een telescoop, waarmee men van heinde en ver de troepen van de vijand kan keuren. Maar op de pot, dit vernuft waarop stoelgang en diepgang elkaar weten te vinden en te stimuleren, komt 't op het idee dit oorlogswapen te richten naar de hemelen. Niet zozeer om de sterren kapot te schieten. Zeker niet, of toch niet zo ogenblikkelijk en alras direct meteen. Maar voor het plezier van het kijken naar die nu nog onbereikbare sterren. En van de verrassing die daaruit kan voortvloeien.

Wetenschapper na wetenschapper komt joelend van vreugde terug van de wc, de ene omdat hij tot het inzicht kwam dat het kwadraat van de omlooptijd van een planeet evenredig is met de derde macht van de gemiddelde afstand tot de zon, de andere omdat hij na drie weken constipatie eindelijk gekund heeft, en een derde omdat hij tijdens zijn darmlozing begrepen heeft dat dingen naar beneden vallen, en niet bijvoorbeeld naar boven. Gelukkig maar.

Kakken moet 't, om tot rede te komen en te weten dat de economie geen opeenhoping van rijkdom is doch een kwestie van productiecapaciteit. En zo, zo heeft 't uiteindelijk ook iemand in de rangen die, wellicht nadat hij een stuitliggende stront heeft gescheten, het bestaan van god in twijfel trekt.

'God bestaat niet,' roept 't, zeer luid nog wel, en niks vergaat wat ook niet zou zijn vergaan indien god wel bestond.

Eurekaka. De plezantste thuis.

Hoe voller de beerputten, hoe groter de angst in de harten. Ieder antwoord op elke vraag is een nieuwe onzekerheid.

't Snijdt kikkers de kop af en stelt vast dat die onthoofde stakkers zich alsnog met hun smakelijke poten op de rug proberen te krabben nadat er een zuur op werd uitgegoten. Daarover nadenkend op de pot komt 't tot het inzicht dat er zich een diffuse ziel moet schuilhouden in de ruggengraat.

Makkie.

Samen met de wc, en er kan een verband worden bevroed, gooit 't kranten en tijdschriften op de markt. In de steden verschijnen er zes tot meerdere dagbladen, met een grote oplage bovendien. Er worden plotten voor romans bedacht op die fonkelnieuwe wc's, en ze worden op diezelfde plaats gelezen.

In hoeveel stoelgangen is de flogistontheorie bedacht, en welk gas heeft daarvoor eerst vrij moeten komen? Alles wat is, het zichtbare en het onzichtbare, het tastbare en het ontastbare, het ruikbare en het onruikbare, bestaat uit monaden. Persend en duwend achterhaalt 't dat 't uit geen kostbaardere klei dan welk ander beest ook werd gekneed en dat de natuur slechts één deeg heeft gebruikt, doch de desem hier en daar heeft aangepast. De grootse ideeën stromen maar een goeie gang aan: De Rede Is De Tenenlikker Van De Hartstocht, Het Bestaan Is Doelloos, Eigenbelang Opent De Weg Naar Algehele Welvaart, Een Loon Is Niet Hetzelfde Als Vrijheid... En zodra er voldoende is gescheten en de daarbij toevallig opgelopen ideeën massaal over de wereld kunnen worden uitgestort, bundelt 't alles wat werd bedacht en gefabriceerd in 28 kostelijke delen waarop op voorhand kan worden ingetekend. De encyclopedie, het archief van het dolhuis.

De taak die 't ooit vrijwillig op een dag met veel plezier heeft aangevat, het benoemen van de dingen, is nog altijd onvoltooid. En 't hoopt dit zo te houden. Want eens de stromen met woorden zullen zijn opgedroogd, zal 't zijn eigen einde ruiken. Het einde van de woorden, dat is de dood. Het vocabularium, misschien met iets van onachtzaamheid begonnen met 'beest' en 'boom' en 'water' en 'grond', krijgt er opeens een stortvloed van nieuwe lemma's bij. Het woord 'neurose'. Het woord 'optimisme'. Het woord 'welzijn'. Het woord 'kameralistiek'...

Oude steden smijt 't plat of bouwt 't opnieuw. 't Kan niet tegelijkertijd viola da gamba spelen en zich verschuilen achter een gevel van vort hout. Het een moet het ander kunnen weerspiegelen. Wat daar zo meesterlijk aria's componeert voor viswijfkeel en virginaal, met hier een streepje luit en daar een streep cimbaal, moet in steden wonen die op zijn maat zijn uitgetekend. Toegankelijk, en met veel parkeerplaatsen voor de koetsen. Een stad met meer dan alleen godshuizen en bordelen, maar ook met brede hoofdwegen en smalle winkelstraten, met handelsfaciliteiten, lege pleinen, theaterzalen, bibliotheken... Een stad waar plaats is voor iedereen.

Want dat heeft 't, nu 't eindelijk met te veel is; dat 't in elkanders zonlicht loopt en ademruimte moet creëren. Parken met vijvers en kwakende eendjes. Zopas is 't, ding dong, ding dong, de kaap van 1 miljard gepasseerd. De aantallen van dit superwezen nemen exponentieel toe terwijl de productie van z'n voedsel slechts rechtlijnig stijgt. Dus is het simpel: als 't zich in de nabije toekomst niet krom wil werken om al die monden gevoed te krijgen, dan zal 't wat vaker zijn broek moeten ophouden. Als 't minder wil wroeten, zal 't minder moeten poepen. Zo eenvoudig is dat, de bewijzen liggen op tafel.

En nog altijd zittend op dat toilet, waar de luxe van de eenzaamheid het brein stimuleert, herkent 't op een goeie dag de nood om zichzelf uit te drukken. Wat in de darmen zit moet eruit, dus waarom zou datgene wat in het hart zit willen blijven zitten? Niet dat dit volledig nieuw is, maar voor verbeteringen moet dit concept wel vatbaar zijn. Zich uitdrukken dus, verbeterde formule. Daarvoor heeft 't een orkestbak nodig, gevuld met 30 piano's en evenveel harpen, 16 blazers, 242 snaarinstrumenten en een 360-koppig koor aan hysterica's, castraten, knapen en bromberen.

Om zichzelf tot expressie te brengen pleegt 't ook almaar mislukkende zelfmoorden en biedt 't zich vervolgens aan in het krankzinnigengesticht. Ter bevordering van de creativiteit. Zeg nu niet dat 't lui is, of dat 't geen inzet toont. 't Beschouwt tuberculose en geslachtsziekten als inspiratiebronnen waaraan 't zich smakelijk laven kan. Naar de hoeren dan maar, in veel te dunne kleren en zonder sjaal. En daarna tot zelfexpressie komen via een symfonie die veel te lang duurt maar helaas te luid wordt gespeeld om slapend het einde ervan te kunnen halen, meer lawaai dan melodie, met noten waarop de zangers hun stembanden naar de vuilbak zingen, en dissonanten en tempi die de luisteraar doen verlangen naar het gehuil van de quagga.

À propos, iemand onlangs eigenlijk nog een quagga gezien?

Natuurlijk niet, het laatste exemplaar zat in een dierentuin en men is het vergeten te voederen. Die hoeft zichzelf alvast nooit meer uit te drukken. In tegenstelling tot 't. Effenaf zo moeilijk krijgt 't zich tegenwoordig nog uitgedrukt dat 't voortaan ook met zijn ogen toe pianospeelt, en op zijn pianokruk heen en weer moet wiebelen om dat hele getormenteerde hart te ledigen. 't Gooit een hand in de lucht, losjes, en laat die dan op het klavier neerploffen, ta-taa, neen, TA-TAA, waarna de vingers door en over elkaar krawietelen, onnavolgbaar voor het oog.

Het werpen van kushandjes, het weggooien van witte handschoenen, het niet meer naar de kapper gaan... er komt meer bij zelfexpressie kijken dan algemeen wordt aangenomen.

Zoveel wonderen heeft 't nu al verricht, en zoveel wonderen is 't nog van plan om te verrichten, dat 't eigenlijk van valse bescheidenheid zou getuigen als 't niet heel even zijn eigen wonderbaarlijkheid in het middelpunt van de belangstelling zou plaatsen. Eens te applaudisseren voor zichzelf als het ware, luid en welluidend. Want dat verdient 't toch wel, een staande ovatie op alle banken. Alleen al wat 't de laatste weken weer heeft weten te realiseren is fenomenaal, een opsomming die recht doet aan de volledigheid zou het geduld van de luisteraar op de proef stellen enerzijds, en diens ongeloof opwekken anderzijds. Maar toch. 't Kan niet voorbijgaan aan het feit dat 't excessief bossen heeft gekapt, met een schaarste aan hout en vogelnestjes tot gevolg. Waardoor 't geen houtskool meer kán gebruiken en 't zichzelf heeft moeten aanleren z'n ijzererts te smelten in de hitte van steenkool. En wat blijkt, bij de heiligheid der serendipiteit? De methode is goedkoper en sneller. En efficiënter, dat treft.

Het grondwater uit de koolmijnen en het zweet van de kompels pompt 't op met machines, aangedreven door stom en onnozel stoom. Met lood giet 't drukletters en pijpleidingen, 't gebruikt agaat voor stampers en vijzels, en gips voor pleisterkalk. 't Fabriceert alles, zelfs stront, kunstmest, die beter is dan elke zelf gescheten stront en die de gronden verandert van uitgeput in rusteloos. Dat moet natuurlijk wel, met een miljard te voeden monden.

Zeilschepen worden verwezen naar het rijk der romantische romannetjes en vervangen door ijzeren gevaarten. Voortaan steekt 't de oceanen over in een mum van tijd en 't gelooft spoedig dezelfde overtocht te kunnen maken met één en dezelfde onderbroek aan. Zonder dat die onderbroek al te vuil wordt, we verstaan elkaar. Dertig ton zware treinen dokkeren met één mijl per minuut door verdwenen landschappen, koperen kabels weeft 't rondom de hele wereld, om te telefoneren.

'Hallo? Is het eten al gereed?'

Daarom organiseert 't een wereldtentoonstelling, en 't zou voor minder, niet om de wereld tentoon te stellen maar om z'n greep op de wereld te etaleren. Om te onderstrepen dat niemand nog in dezelfde wereld kan sterven als die waarin hij werd geboren. Eens knippeuren met de ogen en de omgeving niet meer herkennen. De vruchten van al dit vernuftigs komen terecht in een glazen paleis, bestaande uit 300 000 ramen, bij elkaar gehouden door 5000 houten en ijzeren steunbalken. De gelijkenis met een serre is treffend, alsof 't gezegd wil hebben dat de vooruitgang onder glas kan groeien gelijk een kaskomkommer of een kerstomaat.

Met faëtons worden de bezoekers naar de toonzaal gereden, om er zich te vergapen aan de trotse scheppingen die de schoonste schepping van de schepper heeft voortgebracht: dozen met ingemaakt varkensvlees, beesten uit blik, mechanische weefgetouwen, ivoren meubeltjes, peperduur reukwater spuitende fonteinen, pneumatische hamers, kunstgebitten, chequeboekjes, veiligheidslampen, een stalen kanon, namaakbont...

Weke zielen merken op dat het schone wordt

vervangen door het nuttige, de kunst door de industrie, de poëzie door de wiskunde. Ha, alsof er schoonheid en poëzie te over was! Laat 't ernstig wezen. Wat daadwerkelijk vervangen wordt is: ivoor door celluloid, zijde door kunstzijde, hekserij door aspirine.

'tDrenkt stukken karton in de pekel en legt die tussen zinken en zilveren platen, om vervolgens vast te stellen dat er zich tussen die platen iets ontlaadt dat spoedig bekend zal staan als elektriciteit. Nog geen duizendste van de aardkloot is van deze vondst op de hoogte of 't becijfert reeds dat elektromagnetische golven zich met de snelheid van het licht... want licht heeft dus blijkbaar ook al een snelheid, alles moet vooruit en het liefst nog rap ook... dat die elektromagnetische golven zich dus met de snelheid van het licht een weg door de ruimte sodeflikkeren. En voor wie nog bij de les is legt 't uit dat er eveneens zoiets bestaat als radiogolven. 't Raffineert koper en 't heeft vacatures voor elektrolytische verzilveraars openstaan. 't Spint magneten rond klossen draad, ziedaar de dynamo, en 't vermoedt dat met het radioactieve verval van uranium ook nog iets plezierigs te beleven valt.

Neen, het is niet de poëzie die door de wiskunde wordt vervangen, maar het is god die baan ruimt voor de microben. Daarnet heeft 't namelijk een beestje ontdekt, een onooglijk klein mormel dat het leer doet looien, het deeg doet rijzen, de kaas doet rijpen, en tyfus laat verspreiden. De kranten, gedrukt op goedkoop papier gemaakt van houtpap, staan er vol van. Het nieuwe.

Gloeilampen, benzinemotoren, röntgenstralen, plastic, o dierbaar plastic, de draadloze radio, camera's… Vooruitgang.

En die gang gaat nu zo snel vooruit, dat alles rapper veroudert. Dat 't eigenlijk haast zelf niet meer volgen kan. Bouwde 't vroeger met rotsblokken bruggen van hooguit honderd meter, dan overbrugt 't nu met staal en veel gemak rivieren van een halve kilometer breed. 't Heeft zelfs een automobiel in elkaar geflanst; een luidruchtig ding op drie wielen dat met een snelheid van 14 kilometer per uur door de straten vlamt.

't Vaart en 't rijdt en 't vliegt, baas der oceanen, de gronden en de hemel, keizer van alle beesten. Zie 't pronken tijdens de regatta, wollen ondergoed dragend, wijsheden declamerend in pandjesjas, pillen slikkend tegen de hofbalmigraine in het jaargetij van de pince-nez.

Een tijd van paraderen is aangebroken; wandelen langsheen de wonderen die 't wist te wekken uit de drek der diepe duisternis, slenterend de gratie uitstralen die 't hoort te koppelen aan z'n genie. Sierlijk loopt 't over pleinen, met wandelstokken, ook als 't nog niet kreupel is, zomaar, voor de zwier en de tierelier. Wuft in lange rokken, met op moestuinen gelijkende hoeden, gewrongen in wespentailles, gekneld in korsetten die optisch aangenaam bedriegen trippeltrappelt 't naar de taveernes waar de belegen champagnes millésimé en de oude vaten port ongeduldig wachten op de keurig getuite mond van dit superieure diertje. 't Gaat baden in de zomer en schaatsen in de winter. Voor z'n tuberculeuzen ontwerpt 't mondaine ski-oorden, want ook sterven kan salonfähig zijn. En aangezien z'n lijf niet meer in proportie tot z'n magistrale hersens staat, doet 't nu ook aan bodybuilding. Evenwicht moet er altijd zijn.

À propos, iemand onlangs eigenlijk nog een reuzenalk gezien, deze door donsbeddenfabrikanten aanbeden vogel?

Maar 's maandags is het weer gedaan met paraderen en flaneren. Want hier, waar het volgens de keikoppen en de rekenknobbels om de vier jaar oorlog is en om de acht jaar zelfs een oorlog buiten categorie tussen grotere mogendheden... wel, het is hier al een hele tijd vredig. En die vrede, haha, die brengt de lieve verschrikking met zich mee dat 't er maar op allerlei vlakken op verbetert, waardoor de productiviteitsstijging gigantisch is, er minder wordt gestorven, en de vraag naar van alles en nog wat enkel en alleen nog op tijd kan worden beantwoord door op waanzinnige schaal fabrieken neer te poten.

In de weeshuizen ronselt 't arbeidskrachten, onmondig en spotgoedkoop, kleine rakkers die op hoge zolen worden gezet omdat ze anders niet tot bij de machines raken. Peuters die nergens worden gemist, in slecht verluchte ruimtes waar het afval niet snel genoeg kan worden verwerkt. 't Breekt zich het hoofd over morele kwestietjes zoals daar zijn: hebben fabrieksarbeiders recht op geluk? Hoor dat hoofd breken! Hoor het in barsten trekken en in scherven uiteenvallen.

Neen, klinkt het, eens er niets meer aan dat hoofd te breken valt, néén, fabrieksarbeiders hoeven niet gelukkig te zijn, want als moraliteit betekent dat het grootste geluk voor het grootste aantal moet worden nagestreefd, dan moet 't beseffen dat er tevens zielen dolgelukkig en stinkend rijk worden van dit systeem: de fabrieksbaronnen, die met hun weinigen het totale gemiddelde aan geluk hoog genoeg houden. Dat is: zuivere wiskunde. Het getal heeft gesproken.

Evenmin moeten er fatsoenlijke lonen worden uitbetaald. Stel dat arbeiders een oorbaar loon kregen! Wat dan? Hun koopkracht zou stijgen. Ze zouden meer willen kopen. Dingen die ook moeten worden geproduceerd. En waarvoor ook weer ongelukkig te houden werkvolk zou moeten worden geronseld. En wie wil er eigenlijk nog werken met genoeg geld op zak? Ha, bon. Discussie van tafel, dus.

Werkers van wijflijke kunne worden in geval van zwangerschap op straat gezet. Dat schiet niet op, zo'n troela. Onderontwikkelden, daar kan de economie nog iets mee aanvangen. Maar met aanstaande en feitelijke moeders? Willen de teven de fabrieken in, bijvoorbeeld om te kunnen overleven, dan raadt 't hun aan niet te trouwen, het kapsel niet te verven, niet te roken, zich niet meer na acht uur 's avonds buitenshuis te vertonen, geen opvallend gekleurde kledij te dragen, niet meer dan vijf centimeter bloot vlees boven de enkels te tonen, en aan geen ijsjes te likken in de stedelijke salons. Want dat zijn de typische gedragingen van tochtige deernen die schreeuwen om een dracht en daarvoor bereid zijn man noch fabrieksnijverheid te ontzien. Er is een aparte plaats voor kweekzeugen, en dat is niet de fabriek, maar de haard! Hij is goud waard!

't Heeft zich weliswaar laten vervangen door de machine, maar 't is terzelfdertijd zelf meer en meer op een machine gaan gelijken. 't Duikt zijn wereld van boortorens en schoorsteenpijpen in, tot veertien uur per dag, om het tempo van die machines te volgen en daar een kom reuzel aan over te houden, en net genoeg geld om ermee met het hele gezin in een krot te kruipen en een waterpomp en een verouderde schijtplank te delen met nog honderd andere gezinnen. (Een eigen krot, een plek onder de zon...) En om voor de rest van geen tel te zijn, een nul met armen en poten aan, aangezien wie geen geld op overschot heeft evenmin stemrecht heeft.

De kans wordt groter dat men die stem verkeerd

gebruikt naarmate men minder bezit, beweert hij die reeds van bij zijn geboorte zeer veel bezit.

Enfin, 't arbeidt nu wel heel erg hard voor z'n lege maag. En wat houdt 't eraan over: een arsenicumvergiftiging, reuma en tuberculose. 't Asemt lood, soda, ammoniak en andere smeerlapperijen in. In de wolfabrieken is 't nog met geen 40 procent die erin slaagt de leeftijd van vijfentwintig jaar te overschrijden, zó rap en intens moet 't zich daar naar de vervliedenis werken. En de plaatsen in die fabriek zijn dan nog fel begeerd op de koop toe.

Ergens kleppert 't dat eigendom diefstal is. Als de ene niks heeft en de andere alles, kan men dergelijke commentaren uiteraard verwachten.

En 't veert recht, klaar om met woord en dolk en dynamiet het recht te doen zegevieren, dromend van een aardbol waarop geen rechters meer nodig zijn, een wereld waarin politiekantoren met knalkwik de lucht worden ingeblazen na elke opnieuw geleden hongerdag, waarin rijken straffeloos mogen worden beroofd, gedeputeerden worden getroffen door bommen en door bommen getroffen zullen blijven worden, tot de dag dat de werker deftig gevoed zal kunnen worden. 't Laat treinen en trammen ontsporen opdat ooit alle wetten zouden worden afgeschaft, allemaal, van de eerste tot de laatste, waardoor er geen wetten meer kúnnen zijn die de rijken beschermen en de armen overlaten aan hun malellendig lot.

Recht op staking wil 't hebben (bom!), recht op vakantie (bom!), recht op genoeg geld voor een begrafeniskoets nadat 't zich heeft suf gewerkt (bom!), recht op een paar uren weekendrust zodat 't tenminste de tijd heeft om z'n kleren te herstellen (bom!).

Als 't nu eens de handen in z'n zakken houdt, en dat volhoudt?

Een vlag moet 't hebben, één, want de wereld wordt verdeeld door een zodanig teveel aan vlaggen dat er nu eindelijk eens een vlag mag komen die alles wat uiteen hangt weer aan elkander rijgt. Een vlag met een kleur die iedereen verstaat, de kleur van bloed, want dat stroomt overal, op ieder continent. De kleur van het bloed dat is gevloeid en nog in diepe beken vloeien zal om te bekomen waar men recht op heeft: een leven zonder rugzeer en op tijd en stond een vet gesmeerde boterham met een kroes bier. Want de dingen kloppen niet. Al die machines en uitvindingen en lawaaierigheden van de nieuwe tijd hebben onmiskenbaar voor materiële vooruitgang gezorgd; maar er zijn nog nooit zoveel armen geweest als sinds de materiële vooruitgang.

Als iedereen zijn stem mag uitbrengen zal 't een regering krijgen die zich voor iedereen inzet. Daar gelooft 't in. En de militaire dienstplicht zou ook moeten worden afgeschaft, want de rijken kopen dergelijke plichten af. En 't komt op straat, het schuim op de muil en de leegte in de maag, roepend om een achturige werkdag, een verzekering tegen bedrijfsongevallen, een wettelijke en tevens redelijke bepaling van de schafttijden. Drie straten loopt 't zo dapper in en uit, en in de vierde straat schiet een garde de grootste oproerkraaiers overhoop en worden hun schedels met matrakken gespleten.

Maar 't geeft niet op. Eens zal de eenheid zegevieren. Het optimisme doet 't in miljoenen partituren nederdalen op de aarde. En 't zingt.

Ja, zingen doet 't. Misschien vals maar niettemin vrolijk bezingt 't de tijd die aanbreekt met geen andere bedoeling dan alle voorgaande tijden te doen verbleken. Van je hela hola do re mi zingt 't over de zelfzucht van de rijken die tot het verleden zal behoren en van je hopla hoempa sol la si jodelt 't over de redelijkheid die eindelijk als een rivier zal stromen over de van god en zijn toorn bevrijde wereld. Strofen over solidariteit en hartelijkheid, afgewisseld met refreinen waarin precies hetzelfde wordt gezegd maar dan met andere woorden en op een ander ritme en met een ander rijm.

En zingend vol van vrede en vreugde trekt 't naar de volgende oorlog in zijn bestaan, aangemoedigd door opzwepende gedichten over trots en grond en vorst en moed en bloed. Over het waarom van die oorlog kan 't later nog studies schrijven, de studenten moeten tenslotte in hun waarde worden gelaten en iets te analyseren hebben. Maar alles op zijn tijd: eerst sterven, dan denken.

Lachend en een pijp smorend staat 't op de perrons te wachten op een trein die 't brengen zal naar waar het kruit de neuzen kriebelt. Gekleed in een kapotjas, een muts op de kop en een vrolijke pompon erop, lederen beenkappen over de knieën en een mausergeweer bij de hand. Uitgewuifd door proper gewassen en gesteven zakdoeken en uitgetoeterd door de fanfare, blij dat 't voor een poos verlost is van het gezaag van het wijf en het geklaag van het grut, content dat 't voor eventjes de fabriekssleur mag gaan ontwennen op een oorlogsveld. Alsof 't gedomme naar een picknick trekt.

Dat mausergeweer is nog niet goed geschouderd, het lied nog niet volledig uitgezongen of 't telt al een eerste in de rangen die met een lek in zijn longen tegen de vlakte slaat. Er moet natuurlijk altijd ene als eerste sterven en 't kan inderdaad maar beter als eerste sterven dan als tweede. Want de eerste wordt nog met tromgeroffel en vlagvertoon in de grond gestopt, zijn voor de roemloosheid voorbestemde naam zal zich alsnog nestelen in de encyclopedieën en zijn nabestaanden krijgen misschien zelfs een interessanter sommetje aan smartengeld toegestopt. Een held, want wat dood is, groot is. Draag hem naar de maden met een opgeblonken katafalk en fiedel hem de drie schoonste noten uit het requiem!

Maar voor een tweede dode heeft 't de tijd niet meer om een schone begrafenisrede bij elkaar te schrijven. Het is bovendien veel te lastig lopen tussen al die kogels met een doodskist waterpas in de nek.

Almeteen mag 't dat onnozel piefpoefpaffertje van een mausergeweertje trouwens op de schroothoop smijten, samen met de lijken waarvoor 't de kans niet heeft om ze te begraven, want met de mortier nummer 11, een nieuwe koude term voor nieuwe oude daden, schiet 't projectielen van 380 kilo tien kilometer ver. Dát is vooruitgang: betonnen wanden van twee meter dikte naar de knoppen schieten alsof ze van karton zijn. De speeltijd kan beginnen. De enige echte wereldtentoonstelling bevindt zich hier.

In de vernieling kan 't de grootsheid van z'n wezen etaleren en dat doet 't dan ook met zoveel brille dat de civiele burgers de stoomtram richting slagveld nemen om daar met eigen ogen de goede werken der obussen te kunnen bewonderen en becommentariëren. Dus tóch picknick.

En kijk eens hoe opofferingsgezind en edel: zelf zit 't zonder reservekleren in de drek, de tanden klepperend van kou en schrik. Maar z'n waardevolle schilderijen heeft 't wel in veiligheid gebracht. De stille maar krachtige getuigen van de beschaving, vandaar.

Zingt 't nog?

Verscholen in gangen, ommuurd door met zand gevulde jutezakken, ingegraven in een troosteloos landschap, vaak op een schamele twintig meter van de vijand, zet 't honden in om de ratten te verjagen die de schuilplaats onderkelderen en de funderingen aan flarden knagen. Per onthoofde rat looft de commandant zijn compagnie een schone premie en een zak sappige tabak uit, dat zegt genoeg.

En de boerenzonen, die pastorale pummels die het gewoon zijn hele dagen met kloeten rond te lopen en zelfs geen gewone schoenen aan hun voeten verdrágen, zij worden nu onder de wapenen geroepen en moeten met bottines aan tussen de kogels manken, hetgeen niet simpel is nu de mitrailleurs al zeshonderd van die kutdingen per minuut afvuren. Daar is hij dan: de langverwachte nieuwe tijd. Er is geen retteketet of takkedetak of ander onomatopee snel genoeg om deze kogels bij te benen.

't Heeft nog niet helemaal de gebruiksaanwijzing gelezen van een kanon dat de obussen twaalf kilometer verder schiet, of 't heeft al een nieuw snufje op de markt dat projectielen van 450 kilo met veel kabaal naar de vijandelijke linies knalt. 450 kilo! Wie biedt meer? En wees maar zeker dat er hoger geboden zal worden. En wees maar even zeker dat 't het lawaai van die kanonnen aanbidt. Want zwijgen de kanonnen vijf seconden, dan hoort 't de gewonden huilen. Daar is 't te weekhartig voor. Dus steekt 't maar verder de nacht in brand en bombardeert 't zo hevig dat de kerkhoven ondersteboven en binnenstebuiten worden gekeerd en de kadavers met het eraan vretend ongedierte en al naar de oppervlakte daveren. In vrede rusten zit er hier voor niemand in. 't Kan leven of 't kan dood zijn, maar geen van de twee zal 't doen op zijn gemak. Niet tijdens deze strijd. Nergens.

Misschien moet 't eens op een subtielere wijze proberen te vermoorden, met minder lawaai en minder vertoon, doch met beter resultaat. Ergonomischer, om het zo maar eens geparfumeerd te zeggen. Want een oorlog kan ook zo lang duren dat 't uiteindelijk zelfs de fabrieken en de onbetaalde overuren gaat missen, de onbeschoftheid van de industriebaronie, de haast gezellige eentonigheid van machinerie. Bij dezen komt 't op het gedacht om 150 ton chloor te laten ontsnappen, te laten meedrijven met de wind naar waar het zijn moet. Om toch een beetje vaart in dit gevecht te steken. En ziet! Alles kruipt uit z'n pijpen en holen naar boven om te sterven. De muizen, de ratten, de honden, de kakkerlakken, de luizen (eindelijk!), de soldaten, de hazen en de konijnen, alles en iedereen stikt. Zelfs het gras, zo er daar ergens nog een spriet van was.

De picknickers mogen hun mandjes weer vullen en zich opmaken om strijders aan te treffen die zichzelf de keel open hebben gekrabd of gesneden, in de hoop daarmee nog een béétje lucht naar binnen gehapt te krijgen. Hier is zelfs geen vlieg meer om nog eieren in de rondslingerende ledematen te leggen. Niet slecht voor een allereerste gasaanval. Dat belooft voor de tweede.

De bedenker van dit spektakel mag zich een erememedaille komen afhalen op het stadhuis. Hij moet er alleen nog zien te geraken.

En dan nu eens mosterdgas proberen voor de grap?

Ondertussen worden er priesters op karren voortgetrokken, opdat eenieder kan horen hoe goed god is. Met aansluitend de dwingende oproep daar alstublieft toch niet aan te willen twijfelen. En om de banvloek uit te spreken over de pornoboekjes die in de loopgraven circuleren.

Alles waar nog een dak op staat doet dienst als ziekenhuis. Er wordt gestorven met gescheurde magen en gebarsten nieren en doorboorde levers, iedereen rochelt en reutelt broederlijk naast elkaar. God is vaneigens goed. Wie zijn geld verstandig wil beleggen investeert in de fabricage van kunstarmen. Kapotgeschoten monden repareert 't met metaalbanden, en in één en dezelfde moeite vindt 't de driewielige rolstoel uit én een kanon dat vanaf 50 kilometer iemand de benen kan afschieten. Jawel, 50 kilometer! Iemand meer? Eenmaal? Andermaal? Anderhalve maal?

't Duidt soldaten aan die kisten naar de voorste linies moeten dragen nog voor de doden bij elkaar zijn geschoten, om tijd te sparen. Wat een voorzienigheid! Eervol gesneuvelden krijgen korting op de begraafplaatsen, een schonere ligging, en een grafschrift in een chiquer lettertype. 't Moet iéts bedenken om z'n manschappen te motiveren. De naamlozen belanden in kameradengraven, vrienden onder elkaar nietwaar, zo'n vijfentwintigduizend per put. Sommige infanteristen zijn dermate vakkundig uit elkaar gespleten met een granaat dat ze verspreid over drie verschillende kameradengraven mogen vergaan. Ach, wat maakt het ook uit? Kan 't trompet spelen dan mag 't begrafenissen verzorgen tussen de bombardementen door en taptoes blazen als daar nog eens de rust voor is.

Toe-te-roe-toe-toe.

De gelederen zijn al behoorlijk uitgedund en de weg nog lang, zodat 't besluit om van overal verse krachten te mobiliseren. Uit alle achterhoeken van de wereld komen de aanstaande doden aangevlogen. Zo'n schone, unieke oorlog. Geeltjes, zwartjes, roosjes, witjes, bruintjes, allemaal elkaar bestokend, meespelend in één en hetzelfde totaalconcept. Samen als nooit voorheen. Zou 't hier alstublieft een foto van willen nemen?

En als alles is kapotgeschoten, het is vroeg of laat onvermijdelijk, als de hofsteden zijn plat gesmeten, de windmolens zijn ingestort, de bevrijders de dochters hebben bezwangerd en het puin kan worden geruimd, als de statistieken kunnen worden ingevuld, de vermisten worden ingeschreven als hoogstwaarschijnlijk overleden en de minnaars hun plaatsen innemen, als de grenzen een paar schamele decimeters worden hertekend, dan kan 't opgelucht ademhalen en met vernieuwde moed zingen over een betere wereld.

Nooit meer oorlog, of op uw bakkes.

Maar 't zingt niet. De prijs van een zak patatten is vervijftienvoudigd, 't moet stevige benen hebben om aan te schuiven in de lange rijen voor een kommetje volkssoep van de overheid. Alle paarden zijn overhoop gebombardeerd met achttienponders of heimelijk geslacht, de karren worden voortaan getrokken door de weinige koeien die nog niet zijn opgeëist.

't Zou nu weer de fabriek in willen, maar ze staat niet meer overeind.

Begrafenisondernemer is een schone stiel.

En de bevolkingsteller, die staat, ding dong, ding dong, op twee miljard. 't Verstaat er niks meer van. Waar blijft dat volk toch vandaan komen? Alsof 't daarnet met elkaar in één grote beddenbak heeft liggen vozen.

Nu dat oorlogsleed geleden is, vindt 't de tijd en de geinigheid om eventjes te verrekken voor een andere en veel betere zaak: het uiterlijk. Het snoetje en het kontje, toe, het is eens wat anders. Men zou haast zeggen uit solidariteit met de soldaat snoert 't zichzelf 's nachts met stijve korsetten in, zodat kolossen van borsten worden teruggebracht naar vormen die met minder angst worden bekeken en beknepen. Uit aversie voor rimpels masseert 't en emailleert 't de huid. Duimschroeven en tatoeëerstiften komen eraan te pas om de schepper links en rechts te corrigeren, oksel- en andere begroeiingen rukt 't uit met elektrische ontwortelaars, met voorgebonden klemmen werkt 't de veredeling van de neusvorm in de hand, flaporen worden snoeihard ingetapet en wangen kunnen worden bol getrokken om er gezond uit te zien. Varkensroze neusgaten zijn de norm, er zijn zalfjes voor te vinden bij de apotheek, betaalbaar voor wie nooit heeft moeten werken voor z'n geld. 't Spuit paraffine in de ledematen die 't herboetseren wil, vult groeven op, snijdt vlekken weg.

Prettig is dat allemaal niet, een hobby kan 't het heus niet noemen. Maar ja, er zit een hete zomer aan te komen en 't moet er toch nog een beetje bekijkelijk bij kunnen lopen in dat nieuwe badpak. En de eerste prijs bij de nationale schoonheidswedstrijd is trouwens een doos met vruchtenbonbons! Zeg daar maar eens neen tegen, tegen een doos vruchtenbonbons en jouw foto in de krant! In de vreedzame erestrijd der volkeren zendt 't alle nationale schoonheden uiteindelijk naar de ultieme schoonheidsliga. Een jury van letterkundigen en kunstenaars zal daar uitmaken wie het schoonst is van de hele kosmos en bijgevolg de draadloze radio mee naar huis mag nemen.

Uiteraard noost het de soort zo schoon te zijn en toch te moeten verouderen, zodat 't voor de zoveelste maal in z'n bestaan z'n verstand in de schaal smijt en op de proppen komt met een bedenksel van de bovenste plank: de verjongingskuur. Voilà zie, 't heeft de meedogenloze ouderdom verschalkt. Vroeger plantte 't voor dit doeleind nog de geslachtsklieren van apen, ja weeral apen, over op zichzelf. Al te belachelijk natuurlijk, daar is 't wel achter ondertussen. Kennis komt met vallen en opstaan. En nu, nu staat 't op. Met veel meer wetenschappelijke achtergrond tapt 't heden klierstof van levende konijnen af, en spuit die rechtstreeks bij zichzelf in, net zoals 't zich zou inenten tegen de pokken. In combinatie met ultraviolette stralen en een yoghurtkuur is dit de enige, rechte, makkelijk berijdbare weg naar de eeuwige jeugd.

Om het brein te scherpen, want schoonheid is tenslotte wel veel doch niet het enige in een leven, en om z'n woordenschat te verrijken, is 't helemaal in de ban van het kruiswoordraadsel. In trein en tram, op het strand en op het ijs, in kapsalon en koffiehuis, overal buigt 't zich over 'verticaal, lijn vijf: schoonmaakartikel (zeven letters)'. Te winnen: vijftien schrijfmachinelessen.

En opdat eeuwige jeugd niet hetzelfde hoeft te zijn als eeuwige onvolwassenheid, waakt 't over al het stichtelijks dat op het witte doek zou kunnen worden geprojecteerd. Filmhelden mogen kussen, zij het alleen nog als zij zich in een verticale positie bevinden. En die zoenen mogen uitsluitend op monden worden afgedrukt, niet bijvoorbeeld vadsig gaandeweg in een hals of god weet op welke andere, naar afgezette mineralen ruikende, verdorven plaats. Helden en antihelden mogen naar hartelust worden doodgeschoten, daar is niks onzedigs aan, doch het aantal gebruikte revolvers in een film moet binnen de perken blijven. De rol van bezopen student mag worden gespeeld, scènes met een dronken ambtenaar daarentegen worden onherroepelijk weggeknipt. Bedscènes zijn verboden, divanscènes niet. Of de acteurs met hun schoenen in de zetel mogen staan wanneer er in zo'n divanscène wordt gekust, is niet bekend.

Gevonden! Schoonmaakartikel met zeven letters: raagbol!

Als uit al het voorgaande zou worden afgeleid dat 't ondertussen heel de tijd op z'n gat zat; mis, poes: 't heeft net een paar kogelraketschepen ontworpen en houdt 't er voorlopig op dat een reis naar de maan, nu nog onderwerp van goed verkochte romannetjes, tot de mogelijkheden moet behoren. De maan, of dan toch dicht in de buurt ervan. 't Is er voor vierenzeventig procent zeker van dat daar tweeëntachtig procent kans toe is. Daar geraken kan het probleem niet zijn. Het is teruggeraken. Nog een beetje sleutelwerk hier en daar en dat komt wel in orde.

En, verrassing, verrassing, 't heeft nagedacht, díép nagedacht, zich gebogen over de vraag hoe 't massaal goederen kan produceren. Hoe het ene na het andere van de band kan rollen om ogenblikkelijk te worden verkocht.

Een strikte scheiding tussen het nadenkend personeel en het uitvoerend personeel in de fabrieken zou bijvoorbeeld al geen slecht idee zijn. En als 't de fabrieksarbeider net genoeg macht zou geven opdat hij zou gaan geloven dat hij daadwerkelijk macht heeft, zit het ook moreel goed en slikt die idioot makkelijker het geflipte ritme van de semigeautomatiseerde machines. 't Laat het klootjesvolk net genoeg verdienen om zich een auto te kunnen aanschaffen, iets van aanzien, en dan houdt iedereen zijn klep en regelt de reclame al de rest.

Alles wil 't hebben, alles moet 't hebben en alles zal 't hebben. Asbakken in spuitglazuur, broodroosters, waterketels, radiolampen, strijkijzers, telefoons, philigrafen voor het vastleggen van gesproken brieven, naaimachines, vruchtenpersen, haarkleurshampoos, fototoestellen, natriumlampen om de wegen te verlichten, filmstrookprojectoren, koelkasten, laselektroden, koffiemachines, versterkers, dynamo's, handopdraaiende grammofoonspelers om de charleston, o geminnekoosde charleston te kunnen dansen met flapperende armen... Laat de fabrieksschouwen maar lozen. Voor de schappelijke prijs van drie maandsalarissen koopt 't zich een stofzuiger, voor het dubbele bedrag, een half jaarloon dus, is 't al in het bezit van een wasmachine.

Fabriceren! Consumeren! God zegene en beware de kasbonnen en de bankdeposito's!

De industrialisering van bijna alles staat zo goed als volkomen op het punt van absolute perfectie. Zo goed als. Dieselmotoren komen van een band gerold, teuten spuiten tomaten volautomatisch en paradijselijk in hun blikken, en ook de haat, nu 't daar even bij stilstaat, kan worden geïndustrialiseerd.

Nog even en een massamoord wordt niet meer gepleegd, maar geassembleerd!

En jawel, 't vindt het inderdaad nodig om nog eens met de botte bijl door de schepselen te gaan. De boeren kunnen het tempo van de verloskundigen niet volgen en er is landbouwgrond tekort. Dus is het simpel voor wie daadkrachtig is en moet er worden geschift. De wereld wordt opgesplitst in superieuren en niemendallen, waarbij de bedenker van het classificatiesysteem uiteraard zelf deel uitmaakt van de superieuren, dat is nogal wiedes. Een niemendal is niet in staat tot het samenstellen van een classificatiesysteem, die kent het woord 'classificatiesysteem' niet eens en zou dat woord, als het hem werd gedicteerd, schrijven met 21 fouten erin.

Van mechaniek kende 't al het één en het ander. Ook het mechaniekje van een mening is 't niet vreemd. Geen gedachte zo zot of ze kan in een kop worden gestampt. Alleen bedenkt 't nu een indrukwekkender apparaat om mee te stampen. Om te beginnen, en inmiddels haast klassiek: monumenten! Niets lepelt beter een mening naar binnen dan een monument! Een groot monument! Monumentén, in het meervoud alstublieft! Als voor de ligging dezer architectuurwonderen rivieren moeten worden verlegd, wel, dan verlegt 't ook die rivieren. Toch? En die monumenten moeten niet alleen kolossaal, ze moeten ook nog ruïnewaardig zijn. Een prachtwoord, alweer, 'ruïnewaardig'. Daarmee wil 't gezegd hebben dat het monument in kwestie misschien op een almanakonwaardige dag kan worden verminkt door een bom of betonrot, maar dat het zelfs in die erbarmelijke toestand nog z'n oorspronkelijke majesteitelijkheid zal uitasemen. Iets zoals de piramides, óók onder dwang gebouwd door slaafgeboren nullen, in het oude land van de aanbeden preien en kikkers, óók betaald met het ongeluk van hen die geen rotte splinter met het bouwwerk vandoen hadden en die gelijk mieren in de zengende hitte zichzelf naar een onbeweende dood wroetten. Deze gebouwen getuigen inderdaad ruïnewaardig van een grote beschaving, romantische reizen gaan allang die richting uit. Ander voorbeeld. Over het roemruchte amfitheater van weleer moet worden meegedeeld dat het onkruid en de oorwormen er een prima thuis aan hebben, desalniettemin laat dat ovale bouwsel zich nog altijd loven in definities waarin het woord 'genocide' geen enkele keer voorkomt. De verkoper van ansichtkaartjes hoor je niet klagen over een wreed verleden.

Zodus.

Zodoende.

Aangemoedigd door deze weetjewatjes spoedt 't zich naar z'n tekentafel en schetst er voor krankzinnig grote kapitalen bij elkaar: gebouwen met een inhoud van 21 miljard kubieke meter, waarin 150 000 hoofden tegelijk geïndoctrineerd kunnen worden. Plannen waaruit telkens mag worden afgeleid dat de tekenaar in kwestie niet zelf moet instaan voor de wekelijkse schoonmaakbeurten.

Om de massahysterie te orchestreren ontwerpt 't stadions, uiteraard reusachtige, omringd door schijnwerpers die hun lichtbundels acht kilometer diep de nacht in pissen. Daar masseert 't de geesten, keurt 't het komende kanonnenvlees. Kijk eens, hoe prachtig in scène gezet: de kleine dreumes die de spreker een ruiker bloemen overhandigt, de marcherende troepen, de opgeblonken medailles, de gehandicapte en bejaarde veteranen uit vorige en verloren oorlogen, mankend om wraak, de marsmuziek, padam-padam-padam, de saluutschoten, de wapperende vlaggen. Kippenvel krijgt 't ervan.

Nooit zijn de omstandigheden gunstiger geweest om te zeggen dat oorlog de hoogst mogelijke uitdrukkingsvorm is van deze verheven soort, iets waarbij vergeleken poëzie in het moeras blijft steken. 't Moet zich ontdoen van alle sentimentaliteit, want het ene wezen drinkt het bloed van het andere, zo steekt de natuur tenslotte ineen, en waar het op aankomt is de drinker te zijn, niet de drank. Tekeergaan moet 't, tegen de niemendal, de besnedene, de kloteklapper, de donker gekleurde, de mismaakte, de andersdenkende zowel als de andersneukende, de creatieveling... Een goede zaak zou het zijn als die niemendal zijn vruchtbaarheid kon worden afgepakt. 't Zou dat stuk onbenul nog liever helemaal besproeien, zoals 't onkruid besproeit, maar dan op industriële schaal. Verdelgen gelijk 't de ratten op een dag helemaal verdelgd hoopt te krijgen. Dát is de in te slane weg. Nu. Morgen. En alle dagen nadien. Amen.

Voor morgen kan worden gezorgd, de toekomst is maakbaar. Want toekomst, dat zijn de kleuters van vandaag. 't Geeft die prutsjes een kostuum, een lijflied en een vlag, een bloedbanier. Want vlaggevoeligheid mag nooit worden onderschat, daar kan ten allen tijde op worden ingespeeld. Waar liefde is voor de vlag, wordt gestorven voor de vlag. Dus zwaai, dat vendel! Wapper, dat volksvod!

Een jeugd kweekt 't waar niks zwaks of teers aan is. Een jeugd vol wreedheid, onverschrokkenheid, gewelddadigheid. Een jeugd die soldatesk met geweren in de bossen speelt, parades houdt en hymnen kweelt. 't Stampt cursussen wetenschap van het ras in de jonge kopjes en bereidt hen voor op een martelareneind.

De zaken staan op schema. Met het vliegtuig vliegt 't van stad naar stad, om campagne te voeren en het volk klaar te maken voor een meedogenloze strijd. 't Belooft van alles: aan de bedrijfsbazen de teloorgang van de vakbond en aan de arbeiders alles waarvoor de vakbonden opkwamen.

Zeker weten, 't voelt het al kriebelen, verandering hangt in de lucht en 't trippeltrappelt reeds van ongeduld. Een nieuwe orde is nakend, voorstellen voor een nieuw volkslied kunnen tot morgenavond acht uur worden ingediend. De vlag gehesen, de rangen gesloten, wieze wieze wies bom bom!

Zodat z'n speeksel in duizend druppels tegen de microfoon open spat, blaft 't, roept 't, koert 't , tiert 't, huilt en jankt en brult 't, ja fezelt 't als dat dramaturgisch interessanter is, en balkt 't en buldert 't over gouden stonden zonder werkloosheid in een imperium waardoor de treinen glijden met 250 kilometer per uur op spoorwegen van zes meter breed, waarin de genetisch in orde verklaarde dames opperwezens baren alsof ze flodderscheetjes laten o zo makkelijk en vaak. De hemel op aarde, enfin. Rijkdom voor iedereen met goede stamboompapieren, maar voorlopig verdwijnen de deviezen nog even in de zakken van de bevelvoerder, zodat die een kegelbaan onder zijn garage kan aanleggen, een verwarmingsinstallatie voor z'n bloemen in de tuin kan optrekken. En een schuilkelder is toch ook maar somber als de wanden ervan niet met het kostelijkste marmer en graniet zijn afgedekt, als de proviandkast er niet is volgepropt met voortreffelijke cognac, als de maîtresse niet haar eigen bombestendige boudoir en de hond niet zijn ondergrondse luxekennel heeft.

En hoewel de beschikbare voorraad munitie maar berekend is op een oorlog van zes weken, is de machtshonger te groot geworden. Het geduld is op. Mocht blijken dat er na die zes weken nog op zoek moet worden gegaan naar grondstoffen voor de fabricage van verse kogels, dan kan 't nog altijd een inzamelactie organiseren voor koperen koffielepeltjes en messing kookpotten.

En... Actie!

Het doet er niet toe of er een zinnig argument voor de oorlogsverklaring wordt geleverd. Zolang 't deze oorlog maar wint. Winnaars hoeven zich immers nooit te verantwoorden. Winnaars hebben gelijk, daarom ook dat zij winnaars zijn. Op naar de hoogst mogelijke uitdrukkingsvorm met miljoenen, jawel, miljoenen soldaten, met pantsercolonnes, gemotoriseerde divisies, torpedoboten en bommenwerpers. Wat zich gisteren nog in een loopgraaf een been liet afschieten, laat zich nu het andere been afschieten. De zondagsschilders van bataillestukken slaan zich maar beter een schone voorraad verfjes in. Partizanen knoopt 't stante pede op, verraders ramt 't een vleeshaak door het verhemelte. Leuk.

Maar z'n organisatietalent en logistieke meesterschap toont 't pas waar het gigantische aantallen niemendallen bij elkaar drijft en in deportatietreinen stampt. Beestenwagons, zodanig volgepropt dat wie sterft aan zuurstofgebrek niet eens kan omvallen en rechtstaand door zijn eerste rottingsprocesje moet. Dagen zijn die treinen door weer en winter onderweg, op doortocht naar vernietigingsfabrieken, tyfusbarakken, waar 't zijn inferieur bevonden soortgenoot naderhand met blauwzuurgas versmacht, of neerschiet, of ophangt, of voor de goedkoop gewoon wat laat creperen, al naar de inspiratie van het moment en de voorraad kogels.

De lijken, 't moet daar érgens mee naartoe, bindt 't met de haren bij elkaar en smijt die zo in verbrandingsovens. Want samengebonden haren branden makkelijker, dergelijke kleine initiatieven vragen van de oorlogseconomie een draaglijkere productie lucifers. Eens de kalender klaar is voor de totale eindoplossing, zal 't hier bestuderen hoe de dagelijkse vernietiging van 10 000 zielen kan worden opgevoerd tot 60 000.

Crematoriumbouwer is een schone stiel.

Er zijn trouwens schoontjes bij, bij die crematoria: in fermettestijl.

De enige stumpers wie 't uitstel van executie gunt, zijn de nu nog kloeke lichamen. Het gaat om achterlijken weliswaar die met wortel en al uit de beschaving moeten worden gerukt, maar voorlopig zijn ze nog nuttig als dwangarbeider. Die kan 't inzetten bij de bouw van z'n eerste ballistische raket uit z'n hele prachtgeschiedenis, z'n historische hoogtepunt, z'n evolutionaire maximum, het wonderwapen waarmee 't z'n dystopische imperium zal opdringen aan de naïevelingetjes: de vergeldingsraket ietwat steriel genaamd aggregaat numero vier. Maar wat een monster! Wat een god! Een elf meter lange pik van vier ton, vol te tanken met nog eens negen ton vloeibare zuurstof en methylalcohol. In de kop pronkt om nog zo'n duizend kilootjes springstof. Dit alles bestuurd door een cybernetisch servosysteem (ja wablieft goed en met u) waardoor de raket eerst verticaal vertrekt, daarna wordt omgebogen, om dan vierhonderd kilometer verder een paar duizend begrafenissen te regelen. Magnifiek, er is geen ander woord voor.

Alles wat 't superieur maakt ten opzichte van andere schepsels, de buideldassen, de zwanen, de geiten, de mieren..., zit in deze raket: een gyroscoop, een pomp voor vloeibare zuurstof, isolatie tegen extreem hoge temperaturen... En dat kan 't met vijfduizend kilometer per uur de wolken laten klieven. Geprezen zij aggregaat numero vier, glorie, glorie, hopsasa!

Driehonderd zulke raketten per maand zou 't willen maken, opdat de afbraak van alle oude waarden een beetje zou opschieten. Voor dit doeleind bouwt 't een ondergronds industriepark waar 15 000 dwangarbeiders non-stop labeuren, bewaakt door bloedhonden en onder hoogspanning gezette prikkeldraad. Het voorziene profijt van zo'n dwangarbeider schat 't op vier maanden, dan is het beste eraf en verdwijnt hij met een nekschot uit het personeelsbestand. Pief, poef, en af. Het is al wat makkelijk is.

Zolang de treinen blijven rijden en het personeel uit de kampen zomaar gratis en voor niks wordt afgeleverd, kan 't zich veroorloven zijn werkvolk te voeden met één futiele liter volkomen uitgedunde soep daags. 't Laat die pummels slapen op houten britsen in boven elkaar gestapelde hokken, op strozakken waar ze zijn overgeleverd aan de leute der luizen, en hun waterige stront hebben uit te schijten op kapotte, en vlug overlopende olietonnen. Door de ammoniaklucht loopt elke werkkracht met brandwonden op de longen en uitgedord likt hij het grondslijk op. Door eiwitgebrek ziet zo'n dwangarbeider algauw her en der dikke, roomachtige etter uit zijn oedemen spetteren, begint hij tekenen van neuritis en nierbekkeninfectie te vertonen. Soms slaat hij al groen uit nog voor hij dood is. Maar niettegenstaande de stank uit zijn bakkes en de domheid in zijn blik, helpt de niemendal uitstekend en tegen voordelig tarief aan de bouw van vele mooie ingenieuze wapens. Nu nog het onvolprezen aggregaat numero vier, straks de ultrasonische dubbeltraps. Te trage werkers of kloefkappers die hun vijzen niet hard genoeg aanschroeven, bindt 't, truc uit de oude doos, een blokje hout tussen de tanden tegen het al te luidruchtige schreeuwen (daar kan 't namelijk niet goed tegen, tegen dat schreeuwen, hun prostituees schieten daar soms wakker van) en hangt 't op. Soms na eerst nog een marteling, soms heel onspectaculair en vrijwel direct. Afhankelijk van de inspiratie van het moment, ook hier.

Hoe laat is het?

Laat genoeg. En tijd voor iets anders. Het was plezierig, voorwaar het was plezant, maar stilaan is het nu toch welletjes geweest. Tijd voor weer een charleston.

Daarom probeert 't z'n nieuwste verbetering ten slechte uit, z'n meesterwerk, écht z'n meesterwerk, de rest waren maar meesterwerkjes om te oefenen, z'n orgelpunt en kantelpunt: een bom, bom der bommen, die als een baken van hoop, gelijk een regendruppel waarnaar scheel van de dorst is uitgekeken, uit de hemel zal komen neergedwarreld. Een bom waarbij het aggregaat numero vier moet verschrompelen tot een betekenisloos stuk schroot. Een bom, juist, waarvoor 't eerst twee miljoen en een klets kilogrammen uraniumerts heeft gedolven, om daar vervolgens een scheet uraniumoxide uit te halen die 't nadien converseren moet tot uraniumhexafluoride. Woorden voor een tandpasta. En dat dan in gasvorm gebracht. En dat gas dan met de hulp van honderden centrifuges verrijkt, om daaruit, courage, 't is er bijna, vijftien futiele kilogrammetjes metallisch uranium te maken. Voor de fabricageprijs van één zo'n bom kan 't de hele aardbol van de honger af helpen. En 't maakt direct twéé van die bommen. Maar: 130 000 arbeiders en bedienden hebben toch maar schoon hun boterham kunnen verdienen aan de productie van dit wapen, die hoort niemand klagen en dat werd toch ook best tijd. Met die werkloosheid altijd.

Op hoop van vrede opent 't het valluik.

De bom, uit één stuk, vijf ton zwaar, is begonnen aan een val die niet meer kan worden gestopt of gebroken tenzij door z'n eigen ontploffing. Beneden, waar men gelooft dat het vouwen van duizend papieren kraanvogels geluk brengt, heeft men nog 46 seconden de tijd om te vouwen.

Start!

Met een kracht van 15 kiloton trinitrotoluol, hetgeen weinig zegt, komt het geprezen baken van hoop tot ontploffing. En het is prachtig zonder meer. Een purperen licht neemt het hele uitspansel in bezit. Magnifiek. Hiervoor zou 't ooit uit het water gekropen kunnen zijn, alleen om dit te zien. Alles wat is en was en worden moest trekt samen tot iets wat 't het liefst van al nog vergelijkt met een champignon. Een kastanjeboleet, de gele stekelzwam. In het epicentrum van dit wereldwonder wordt een temperatuur bereikt van 20 miljoen graden. Zegt 't, want een thermometer is daar natuurlijk niet meer te vinden. Ach, een graadje meer of minder. Hoe dan ook, in één veertigste van een seconde zijn meer dan 70 000 soortgenoten verdampt. Gewoon, vingerknip, foetsjie, verdámpt. Met botten en kleren en ringen en gouden tanden en al de atmosfeer in. Wolkgeworden wezens die straks moeten condenseren en ergens zullen worden uitgeregend, samen met de vogels die daar op dat ogenblik olijk floten, de koeien die er loeiden, ook de koeien natuurlijk die niet loeiden, de kakkerlakken, de honden, de bloemen en hun potten, de slakken, de daken, de konijnen, de spoorwegen, de kommen met geweekte wokgroenten, de tempels, de rioolroosters, de marinades met walvisvlees, de dromen, de frietketels, alle namen in alle bomen, alle bomen, de pingpongtafels. Alles. Alles. Alles. Geen spoor meer van te bekennen. Weg. Weg. Weg. En dan gaat het hier nog maar over het allereerste veertigste van één seconde na de ontploffing.

De luchtverplaatsing van 600 kilometer per uur heeft alles, alles in een straal van 15 kilometer uit de grond gesnokt. Vele vierkante kilometers in de omtrek is alles, alles verkoold. Ook pilaren. Asfaltbestrating verandert in een gloeiende confituur. Verder weg nog van de bom zal 't lijken vinden, het ene iets herkenbaarder dan het andere, met half gesmolten en nadien opnieuw gestolde gezichten, gericht naar wat er niet meer is. Rondspetterende neutronen zorgen voor ogenblikkelijk ontbindende darmwanden, en onverwoestbare kankers in de lichamen van hen die geen fluit met deze oorlog te maken hebben. Het leven van de onschuldigen is altijd lastiger. Maar dat is oud nieuws.

Het is acht uur zestien. Zo laat is het. En acht uur zestien zal het altijd blijven, wat horloges één minuut later ook mogen beweren.

Nu 't in de dampkring kan blazen wat 't in de dampkring wenst te blazen, 't in de mogelijkheid verkeert die hele klotebol vol klotevolk met één welgeprepareerde bom te verbrokkelen, nu 't, als 't dat zou willen, met een simpele druk op de knop de complete kosmos vele megaparsecs diep de zwartste existentiële nacht inschiet, heeft 't van de goden de controle overgenomen. Eindelijk. Meester, van en over alles.

À propos, iemand eigenlijk onlangs nog een buidelwolf gezien?

Maar goed, 't kan niet blijven snotteren. Daar keren de verdampten en vergasten niet mee weer. En ook de buidelwolf keert daarmee niet weer. Voorwaarts moet 't nu kijken, zoals 't altijd al voorwaarts heeft gekeken. En volhouden in z'n streven naar een auto en een ijskast voor iedereen. Voor iedereen met een wit vel. Voor iedereen met een wit vel die niet te luid bij de vakbond zweert. Voor iedereen met een wit vel die niet te luid bij de vakbond zweert en op zondag vader en moeder eert.

En de bigbands spelen mambo.

Problemski Hotel

Dimitri Verhulst werd in 2001 door het literaire tijdschrift *Deus ex Machina* gevraagd een reportage te maken over asielzoekers. Om zich te verdiepen in zijn onderwerp en verhalen te sprokkelen verbleef hij in een asielcentrum in de buurt van Antwerpen. Wat hij daar zag liet hem niet meer los: de mensen wier dagen en dromen doordrenkt zijn van doorstane gruwelen; de onderlinge spanningen tussen verschillende bevolkingsgroepen, de vernederende omstandigheden in het centrum, de contacten met mensensmokkelaars en de uitzichtloze ontsnappingspogingen – al dan niet in vrachtcontainers waarin zuurstofgebrek soms tot de dood leidt.

Problemski Hotel: fictie die de wrange werkelijkheid zo dicht benadert dat het de lezer onder de huid raakt.

'In honderd bladzijden weet Verhulst de lezer harder te treffen dan menig journalist of cameraman kan.'
DE VOLKSKRANT

'*Problemski Hotel* is een uitermate boeiend boek waarin het dagelijks leven van asielzoekers op een onnavolgbare manier verteld wordt.' STANDAARD DER LETTEREN

www.uitgeverijcontact.nl

Dinsdagland. Schetsen van België

Dinsdagland is een verzameling reisreportages van een thuisblijver. Over België. Het is een liefdesverklaring aan de kleine Belg, een verwondering over zijn amusement, een ode aan zijn in onbruik rakende schone woorden. Het is een in stukken en brokken geslagen vertelling over een Belgische jeugd, een boekstaven van de dingen die voorbijgaan. Het is gazettenpraat en cafépraat, een getuigenis met grote gebaren, een openlijke gelofte van Belgheid. Het gaat over duiven en de dood, over trekpaarden en hun droeften, over heilige maagden en wielerkoers, over de God van gisteren en over nonkel Potrel. Het is een monument voor wat gaat sneuvelen, een logboek van een land, de restjes van een drinkgelag. Het is konijn met pruimen, lectuur voor onder de haardroger van het kapsalon, handgeschreven jazz voor trompet en majorette.

'Op uiterst geestige wijze beschrijft Verhulst in korte verhalen het kleinschalige Belgische geluk. [...] Een 174 bladzijden durende ode aan onze zuiderburen, die door een subtiele ironie en een verklarende toon ook geschikt is voor kaaskoppen.' ELSEVIER

'*Dinsdagland* bundelt 16 scherpe observaties van een sterk stilist die met veel gevoel voor timing en vertelkracht de aandacht van zijn lezers vasthoudt.' DE TIJD

www.uitgeverijcontact.nl

De helaasheid der dingen

In *De helaasheid der dingen* keert de schrijver terug naar zijn geboortegrond in Reetveerdegem. We maken kennis met zijn vader, Pierre, die zijn paar uur oude zoontje in een postzak op zijn fiets langs alle kroegen van het dorp rijdt om hem aan zijn vrienden te tonen; zijn grootmoeder, wier nachtrust al te vaak verstoord wordt door de politie als die weer eens een van haar dronken zonen thuis komt afleveren: en niet te vergeten de werkloze nonkels Potrel, Herman en: Zwaren, voor wie een wereldkampioenschap zuipen het hoogst haalbare is en die leven volgens het adagium 'God schiep de dag en wij slepen ons erdoorheen'.

De helaasheid der dingen is zowel een gevoelige ode aan als een hilarische afrekening met het dorp van een jeugd. Verhulst is een sterk stilist, die met veel gevoel voor timing en vertelkracht de aandacht van zijn lezers vasthoudt van de eerste tot de laatste bladzijde.

'In *De helaasheid der dingen* zoekt dertiger Dimitri Verhulst naar de mooiste woorden voor het lelijkste Vlaanderen.' HUMO

'Verhulst is een uitstekend verteller. Het maakt dit boekje tot een blijver.' DE STANDAARD DER LETTEREN

'Dit is het betere schrijven.' DE GROENE AMSTERDAMMER

'Dimitri Verhulst houdt met weemoed en snijdende humor zijn jeugdsentiment eronder.' DE VOLKSKRANT

www.uitgeverijcontact.nl

Mevrouw Verona daalt de heuvel af

Op een gure winterdag daalt mevrouw Verona de heuvel van Oucwègne af, in de wetenschap dat de terugtocht voor haar fysiek niet meer haalbaar is. In het dal gaat ze bij de rivier zitten, in afwachting van haar laatste moment, aan haar voeten de trouwe hond. In haar hoofd passeren de dorpsbewoners van het afgelegen Oucwègne, van Mme Lunette, de dokter die eigenlijk dierenarts is, tot Rose Courthéoux, in wier kruidenierswinkeltje ingeblikte haring rustig zeventien jaar op een koper kan wachten. Maar alle gedachten en herinneringen leiden uiteindelijk terug naar de gelukkige momenten met haar grote liefde, de veel te vroeg gestorven Meneer Pottenbakker, die haar ook na zijn dood immer vergezelt.

'Als je op de laatste bladzijde weer bij de wachtende Mevrouw Verona aanbelandt, keer je graag terug naar de eerste bladzijde om dezelfde vlucht nog eens te maken.' TROUW

'Lezen in *Mevrouw Verona daalt de heuvel af* is als rondwandelen in een aangeharkt bloemenperk met wellustig begroeide pergola's. Met een mierzoet geduld én merkbare liefde voor zijn creaturen schrijft Verhulst de vertraagde tijd naar zich toe.' DE MORGEN

www.uitgeverijcontact.nl